KB252703

KRASZNAHORKAI LÁSZLÓ

크러스너호르커이 라슬로 읽기

KRASZNAHORKAI LÁSZLÓ

크러스너호르커이 라슬로 읽기

조원규

정성일

장은수

금정연

고영범

책을 펴내며

2025년 10월 9일, 스웨덴 한림원은 노벨문학상 수상자로 크러스너호르커이 라슬로Krasznahorkai László를 호명하며, 선정 이유로 "파멸의 공포 속에서도 예술의 힘을 다시 일깨우는 강렬하고 비전적인 작품"이라고 밝혔다.

많은 독자에게 이름조차 낯설고 어려운 그의 소설을 읽는 일은 '이해'보다는 '체험'에 가깝다. 쉼표로 계속해서 이어지는 만연체 문장, 검은 용암처럼 흐르는 활자의 세계는 비와 진흙과 악취와 침묵 속에서 종말을 향해 나아간다. 사건은 앞으로 나아가다가 다시 원점으로 순환하고, 구원은 도착할 기색을 보이지 않다가 도착하는 순간 기어코 노골적인 기만으로 비웃는다. "마침표는 신의 것"이라며 마침표를 유예하고 끊임없이 길고 느리게 흐르는 문장 안에서, 우리는 파국의 소용돌이 속으로 빨려 들어가다가도 이내 길을 잃고 다시 돌아가기를 반복할 것이다. 이렇듯 그의 소설을 펼친 독자라면 누구나 잠시 멈칫하며 혼돈의 상태를 경험했을 것이다.

이 책은 크러스너호르커이 라슬로의 작품 해설이 아니다. 그가 구축한 세계로 열린 다양한 문을 통해 작가에게 조금이라도 가닿기를 바라는 희망이다.

《사탄탱고》를 번역한 시인 조원규는 《사탄탱고》를 카프카-니체-헝가리의 역사적 붕괴라는 좌표 위에 놓고, 이 세계를 관통하는 감각을 '이명耳鳴'으로 포착한다.

영화감독이자 평론가인 정성일은 《사탄탱고》를 벨라 타르의 영화 〈사탄탱고〉와 겹쳐 읽는다. 소설이 여섯 걸음 앞으로 가며 무너지는 시간을 쓴다면, 영화는 롱테이크의 미학으로 여섯 걸음 뒤로 물러선다. 이 세계에서 시간은 흐르지 않고 어긋나며, 때로는 멈춰 선 채 '영원한 순간'으로 기록된다. 크러스너호르커이의 세계가 끝나지 않는 활자 속에서 '순환하는 종말'로 울릴 때, 벨라 타르의 세계는 스크린 위에서 시간의 무게를 견딘다.

문학평론가 장은수는 크러스너호르커이 라슬로의 문학이 '종말은 미래가 아니라 이미 현재'라는 인식을 바탕으로, 헝가리 사회주의의 붕괴를 서구 문명과 우주적 파멸로까지 확장해 그린다고 말한다. 여기서 희망은 위로가 아니라 기만의 다른 이름이 되기 쉽다. 《사탄탱고》의 거짓 예언자, 《저항의 멜랑콜리》의 거대한 고래와 선동의 목소리, 동양의 정원과 예술을 경유하며 잠시 모습을 드러내는 '성스러움'의 순간들까지, 우리는 무엇을 믿고, 무엇을 포기하며, 무엇을 끝까지 바라볼 것인지 묻는다.

서평가 금정연은 크러스너호르커이의 세계를 '교수와 천사'라는 두 축으로 이야기한다. 관찰하고 기록하는 자(교수/의사)와 희생당하는 자, 《사탄탱고》의 에슈티케, 《저항의 멜랑콜리》의 벌루시커, 그리고 '귀향'의 얼굴로 변주되는 천사들. 크러스너호르커이 라슬로는 소설을 읽는 행위가 한 인생을 사는 것과 같은 경험임을 놀랍도록 명확하게 보여주는 작가라고 평한다.

극작가 고영범은 《라스트 울프》를 연극적 관점으로, 크러스너호르커이 문장이 갖는 희곡적 물성에 대해 읽어낸다.

다섯 편의 글은 서로 다른 입구의 문이지만, 결국 한 장소로 독자를 이끈다. 이미 시작되어 멈출 수 없는 종말의 세계에서 예술은 무엇을 할 수 있는가?

크러스너호르커이는 답을 내놓는 대신 마침표를 거부

하고 결말을 지연시킴으로써, 우리를 용암 같은 검은 활자의 진창에 가둘 뿐이다.

낯설고 불편하고 난해하게 느껴지는 순간마다, 이 책이 그의 세계에 조금이라도 가닿을 수 있는 길이 되기를 희망한다. 마지막으로 지난 1월 5일에 타계한 크러스너호르커이 라슬로의 일생의 예술적 동반자이자 "색채를 사라지게 함으로써 색채를 창조한" 위대한 씨네아스트 벨라 타르의 명복을 빈다.

차례

책을 펴내며 / 4

순환하는 종말 속에서
_《사탄탱고》와 크러스너호르커이의 덫 / 조원규 / 10

사탄과 함께 탱고를, 크러스너호르커이는 여섯 스텝 앞으로,

이토록 망해버린 세계에서

교수와 천사 / 금정연 / 112

LÁSZLÓ

벨라 타르는 여섯 스텝 뒤로 / 정성일/ 34

크러스너호르커이 라슬로의 문학 세계/ 장은수 / 78

고정된 회오리의 세계_마지막 늑대 / 고영범 / 134

KRASZNAHORKAI

순환하는 종말 속에서

_《사탄탱고》와 크러스너호르커이의 덫

조원규

KRASZNAHORKAI

순환하는 종말 속에서

LÁSZLÓ

시인, 번역가.

1985년 〈문학사상〉 신인상으로 등단하여 《아담, 아들 얼굴》《밤의 바다를 건너》〈난간〉 등 여섯 권의 시집을 냈으며, 독립문예지 〈베개〉의 편집 · 발행인으로 활동하고 있다.

서강대 독문과를 졸업하고 독일 뒤셀도르프 대학에서 독문학을 전공하였으며, 게르하르트 베어의 《유럽의 신비주의》, 안겔루스 질레지우스의 《방랑하는 천사》, 페터 한트케의 《시 없는 삶》, 크러스너호르커이 라슬로의 《사탄탱고》 등을 번역했다.

KRASZNAHORKAI

1

카프카로부터 – 이명의 감각

카프카의 문학에는 이명耳鳴의 감각이 배어 있다. 그는 들려야 할 소리가 들려오지 않는다는 형이상적 부재감을 문학으로 형상화한 작가였다. 막스 브로트는 카프카를 "부정신학*"의 작가로 규정했고, 발터 베냐민은 카프카의 세계를 "계시 없는 신비주의"로 해석했다. 《성》에서 K는 성으로부터 명확한 응답을 결코 받지 못하고, 《소송》의 요제프 K는 자신을 고발한 법정의 실체를 끝내

---

* 신이 무엇인지를 긍정적으로 규정할 수 없으므로, "신은 ~이 아니다"라는 부정의 방식으로만 접근할 수 있다고 보는 신학적 입장.

알 수 없다. 그의 인물들은 침묵하는 권위에 끝없이 호소하고, 도착하지 않는 메시지를 기다린다.

그런데 부재와 이명의 감각은 결코 카프카만의 것이 아니었다. 니체가 "신은 죽었다"라고 선언한 19세기에서 20세기로의 전환기에, 유럽 각지에서 작가들은 커다란 세기적 단절과 변화에 관해 무언가 말할 수 없는 것이 있다는 감각을 표출했다.

다윈주의의 확산이나 프로이트의 무의식 이론은 절대적 진리와 초월적 질서에 대한 확신을 뿌리째 흔들었고, 무엇보다 산업자본주의와 도시화로 인해 기존의 유기적 생활세계를 박탈당한 사람들은 불안 속에서 이전과는 다른 것을 믿어야 했다. 신이 아닌 것을 삶의 중심에 두지 않을 수 없었다. 그리고 예술 영역에서는 비유기적인 것, 불안하고 회의론적인 것, 단절의 원리 같은 것들이 '현대'의 표징으로 선언되었다.

그런데 카프카가 특별한 점은 무언가를 말하기보다는 말할 수 없는 것, 부재하는 것의 윤곽을 드러내는 문학의 방식이었다. 그는 명시적으로 애도하거나 저항하거나 새로운 의미를 창조하기보다 부재 자체를 형상화했다.

크러스너호르커이 라슬로의 《사탄탱고》 1부 2장의 관

청 장면은 카프카를 향한 오마주처럼 느껴진다. 이리미아시는 일행과 들길을 걸으며 이렇게 말한다.

"주인은 벌써 머리에 총알을 박고 자살했는데, 저자들은 어찌할 바를 모르고 시체 주위에서 우왕좌왕하는 거야…."

이 선언은 니체의 "신은 죽었다"(《즐거운 학문》, 제125절)를 헝가리 농촌의 폐허 속에서 재진술한 것이다. 크러스너호르커이는 니체에서 카프카를 경유하여, 주인이 죽었다는 사실조차 모르거나 알면서도 여전히 주인의 명령을 기다리며 헛되이 움직이는 존재들을 그린다. 아니, '카프카의 개인들'보다 한 걸음 더 나아가 어리석은 슬픔의 군상, 그들의 황폐함을 형상화한다. 카프카의 인물들이 여전히 성에 도달하려 하고 법정의 판결을 이해하려 애쓴다면, 《사탄탱고》의 인물들은 그마저도 포기한 채 무의미한 순환 속에서 춤춘다. 그들은 주인이 죽었다는 것을 어렴풋이 알면서도 새로운 주인(이리미아시)이 나타나기를 갈망하며, 춤을 추다 취해서 뻗어버린다.

흥미로운 것은 크러스너호르커이가 이를 1985년, 냉

전 말기 헝가리를 배경으로 썼다는 점이다. 공산주의 체제라는 '주인'은 이미 정당성을 잃고 사실상 죽었지만, 사람들은 여전히 그 시스템 안에서 움직이고 있었다. 카프카가 합스부르크제국 말기의 '들려야 할 소리가 들리지 않는' 이명을 포착했다면, 크러스너호르커이는 20세기 후반 동유럽의 또 다른 이명—이미 죽은 이데올로기의 메아리—를 기록한 것이다.

2

긴 가을비가 내리고, 지질학적 시간 속의 붕괴

무대는 1980년대 헝가리의 해체된 집단농장 마을이다. 방치된 집들은 무너져가고, 소수의 사람만 남아 극도의 가난을 버텨낸다. 그리고 지금, 끝없이 내릴 가을비의 첫 방울이 떨어진다.

후터키가 정체 모를 종소리에 잠에서 깨어나, 교회도 종도 없는 마을에서 종소리가 들리는 것을 이해하지 못하던 바로 그날(1부 1장), 몰락의 고독한 관찰 기록자인 마을 의사는 무엇을 했을까? 그는 지질학에서, 고생대로

부터 현재에 이르기까지의 과정으로부터 자기 삶과 농장의 운명에 대한 우주적 설명을 발견하려는 중이었다(1부 3장). (독자는 2장의 '관청'에서처럼, 3장의 '지질학' 앞에서 영문을 몰라 헤맬 것이다.)

"그의 출생부터 죽음까지의 시간이 가라앉은 대양과 솟아나는 산악의 말없는 투쟁 사이에 내맡겨진 것이었다."

의사에게 지질학은 그의 인생과 세계를 비추는 거시적 비유의 질서다. 그가 찾아낸 지질학적 결론은 '느리고 거대하고 돌이킬 수 없는 몰락'이 진행되고 있다는 것이다. "침강"과 "균형 붕괴"와 "침수"와 "흔적"만 남아, 마침내는 "한때"의 기억으로 화하고 말리라는 것이 지질학적 계시다.

의사가 마을의 붕괴와 해체를 지질학적 수준에서 바라보는 1부 3장은, 1980년대 헝가리 공산 정권의 붕괴를 지질학적 필연으로 비유하는 학술적 해학일까, 아니면 지식인의 절망에서 비롯한 희극적인 동시에 안쓰러운 몸부림일까?

이제 크러스너호르커이에게 '부재'는 카프카적 개인의

형이상학적 뉘앙스라기보다는 물질적이고 지질학적인 실험 영역을 통과하는 것이다. 붕괴는 이데올로기의 실패가 아니라 짐짓 자연사적 필연이 된다.

지질학적 규모에서 보면 모든 체제는 일시적이고, 모든 붕괴는 예정되어 있다. 의사의 지질학은 역사를 자연으로 이월시켜 번역하고, 현실의 모든 일은 인간적 의미를 넘어선 곳에서 이미 몰락을 향해 가는 중이다.

그리고 의사가 강박적으로 안간힘 쓰며 관찰하고 기록하는 그 붕괴의 중심에는 한 소녀의 죽음이 있다.

3

술집의 기다림

1부 4장에서 마을 사람들은 무언가를 기다린다. 그들이 기대하는, 죽은 줄로만 알았던 이리미아시와 페트리너는 성서의 예레미아와 베드로의 헝가리어식 변형이다. 그러나 그들은 거짓 예언자와 그의 조수일 뿐이다.

폭우가 쏟아지는 밤, 마을 사람들이 모여 있는 고립된 술집은 일종의 밀실 극장chamber drama으로 작동한다.

소설은 각 인물 사이를 이동하며 내면 독백과 외부 행동을 교차 서술하여 파노라마처럼 보여준다. 그들 모두는 고조되는 긴장 속에서 암암리에 이리미아시가 오길 기대한다.

폭력적인 농부 케레케시, 비겁하고 열등감에 사로잡힌 헐리치, 계산적이고 방어적인 술집 주인, 종말론적 환상에 도취된 헐리치 부인, 그리고 욕망의 대상인 슈미트 부인, 그들 모두는 삶의 반전을 간절히 원한다.

희망, 욕망, 환상, 공포의 상념과 정념이 달아오른다. 이러한 요약만으로는 결코 충분치 않을 감각적 향연, 아니, 연옥이 묘사되어 펼쳐진다. 이리미아시의 등장이 지연되는 가운데, 그의 부재를 메우는 것은 소리(빗소리, 말파리 소리, 삐걱거림, 코 고는 소리)와 냄새(곰팡이, 거미줄, 향수, 체취, 흙)와 촉각(차가움, 축축함, 땀) 그리고 어둠과 희미한 불빛, 이 모든 것에 대한 세밀한, 바로크적인 묘사의 목록이다.

과잉과 세밀이 바로크적 묘사의 외양이라면, 그 근원 또는 내용은 바니타스(vanitas, 허무와 공허)다. 메시아의 기표를 부여받은 이리미아시가 아직 도착하지 않아 부재하는 시공간인 술집의 묘사가 바로크적 과잉의 양상을 띠는 것은 그래서 효과적이다.

4

가엾은 소녀 에슈티케

《사탄탱고》에서 에슈티케는 참혹한 소외 그 자체인 인물이다. 이 어린 소녀는 작품의 도덕적 중심이자 비극의 정점이며, 작품에서 세 번 죽는다. 벵크하임 성에서 육체적으로 죽고(1부 5장), 이리미아시의 연설 속에서 수사적 도구로 이용되며(2부 6장) 왜곡되고, 세 번째로는 공포의 환영으로 나타났다 사라지며(2부 4장) 거듭 죽는다. 이런 3중의 죽음은 순수함이 이 세계에서 살아남을 수 없으며, 죽어서도 도구화되고, 귀환해서도 의미를 전달할 수 없음을 보여준다.

고양이 학대 장면 이후 에슈티케는 점층적 고립을 경험한다. 가족에게 구박당하고, 오빠로부터 배신당하며, 마지막으로 의사에게 도움을 청하러 가지만 술에 취한 의사에게 외면당한다. 완전한 고독 속에서 에슈티케는 쥐약을 먹고 자살한다.

에슈티케의 죽음은 돌연히 일어나지 않는다. 크러스너호르커이는 독약이 소녀의 몸속에서 퍼져나가는 과정을, 그녀가 마을을 헤매며 점점 의식을 잃어가는 과정을 긴 문장으로 따라간다. 독자는 그 죽음의 실시간 목격자가 된다.

그런 그녀가 생전에 바란 것이라고는, 가족의 인정과 소박한 행복일 뿐이었다.

"소녀는 눈을 감고 나무가 자라는 모습을 상상했다. 잎사귀들이 두꺼워지고 무거워진 황금빛 가지들이 드리워져 어느 날 드디어 소녀가 낡은 바구니 가득, 아주 한가득 돈을 따 담고 집으로 돌아와 식탁에다 쏟아놓는 장면을! 그러면 모두들 얼마나 놀랄까! 이제부터는 멋진 방의 커다란 침대에서 솜털 이불을 덮고 잠들게 될 것이었다."

에슈티케의 죽음은 공동체 전체의 도덕적 파산을 드러낸다. 에슈티케는 《사탄탱고》에서 가장 비극적인 인물이다. 그녀는 순수함의 화신으로 보이지만, 자신에 대한 폭력에 스스로를 동일시하듯 고양이를 죽이고, 마침내 자기 자신을 죽인다.

5

⌒

덫은 완벽하다네

술집에서 춤 잔치가 고조되었다가 물거품처럼 꺼지고 난 새벽, 마침내 이리미아시가 등장한다. 그는 에슈티케의 죽음을 이용해 사람들에게 죄책감을 불어넣고, 연설로 그 죄책감을 새로운 삶에 대한 갈망으로 전환한다.

불편하고 지루하고 매혹적인 긴 연설이었다. "어느샌가 신뢰와 희망, 믿음과 열정 그리고 결연함을 담고서 강철같은 의지를 발산하며" 그가 죽은 소녀를 순교자로 만들고 잃을 것 없는 사람들을 위한 공동체를 만드는 데 자본금이 필요하다고 말하자, 마을 사람들은 허둥지둥 돈을 내놓는다. 그러자 이리미아시는 처음엔 돈을 거절하는 척하다가 결국엔 받아들인다.

속고 속이는 이 소설은 거리를 달리해 보면 이런 풍경이다. 희생자 에슈티케의 죽음이 멀리서 보면 마을 공동체가 겪는 불행의 정점인 것처럼, 번드르르한 이리미아시의 사기 치는 언변 또한 멀리서 보면 허무의 아이러니가 절정에 이르는 장면에 불과하다.

이리미아시 일행은 도시를 향해 가다 벵크하임 성의 폐허에서 다시 이상한 소음을 듣고, 하얗고 투명한 베일과 에슈티케의 시체가 허공으로 떠오르는 공포와 맞닥뜨린다. 그리고 이리미아시의 공허한 내면이 폭발적으로 토로된다.

"모든 건 공허하고 의미가 없는 거야. 뿌리칠 수 없는 구속과 시간을 뛰어넘은 대담한 도약 사이에서, 영원히 실패하는 감각이 아니라 환상만이 우리에게 비참한 구덩이에서 헤어날 수 있다는 믿음을 갖게끔 유혹하지, 하지만 도망칠 길은 없어, (중략) 우리가 언제나 빠지고 마는 덫이야. 우리는 자유로워질 수 있다고 믿지. 하지만 우리가 하는 일이란 게 결국 자물쇠를 바꿔 다는 일일 뿐이거든. 그렇게 덫은 완벽하다네."

소설은 근경에서 괴로운 뒤척임과 몸부림을, 그리고 원경에서는 커다란 허무와 몰락의 정조를 번갈아 독자가 감지하게 만든다. 이제 공동체마저 등지고 떠나는 사람들은 지리멸렬하게 사방으로 흩어질 테고, 점차 모두가 예감하던 몰락과 허무가 완성될 것이다.

6

☾

부재를 알리는 소리와 형상

소설 전반에 걸쳐 불현듯 들려오곤 하는 정체 모를 소리가 있다. 이른 새벽 후터키를 잠에서 깨운 출처 모를 종소리(1부 1장), 이리미아시 일행이 관청을 나와 술집에 들렀을 때 실내에서 들리던 낮고 부드러운 윙윙거림(1부 2장), 벵크하임 성에서 들려오는 소리(2부 3장). 소리가 환기하는 것은 멀리 떨어진 곳, 또는 '외부'의 존재다. 정체 모를 소리이기에 잠재된 불안과 공포를 촉발한다. 무언가 잘못되어가고 있다.

이 소리들은 단순한 환청이 아니라, 카프카적 '이명'의 물질적 현현, 들려야 할 소리를 듣지 못한 마음이, 또는 죄책감과 불안이 만들어낸 청각적 형상이다.

"뭐지?" "뭐요?" "지금 나는… 이 소리…." "아무 소리도 안 나는데요?" 소년이 어리둥절하게 말했다. "안 들리긴 왜 안 들려! 아직도 안 들려?" 두 사람(페트리너와 소년 서니)은 숨을 멈추고 귀를 기울이고 서 있었다.

그리고 이제는 "멀리서 나는지 가까이서 나는지" 종잡을 수도 없는 이상한 소리뿐만이 아니라 기이한 형상까지 나타나기 시작한다.

"소년은 끊임없이 윙윙거리는 소리와 밝은 웃음소리에서 비명으로 변해가는 소리가 자신에게로 가까워지고 있다고 믿었다. 그는 팔로 두 눈을 가린 채 울기 시작했다. (중략) 주위에 바람이 일자, 눈이 멀어버릴 것같이 하얀 시신이 허공으로 떠오르기 시작했다."

불안한 소리가 시각화할 때 그것은 허공에 뜬 에슈티케의 시신처럼 현존하지만 의미가 부재하는 극단적 공포의 형상으로 나타난다. 저 소리와 형상은 듣고 바라보는 이를 사로잡고 사람들을 일순 정지시키지만, 결코 이해되지는 않는다.

이러한 장면들에서 형이상학적 부재와의 맞닥뜨림이

조원규 *25

라는 카프카적 주제의 변형이 감지된다. 마치 《저항의 멜랑콜리》의 거대한 죽은 고래처럼 현존하지만 침묵하는 대상의 이미지들이 출몰한다. 크러스너호르커이 라슬로의 작품 세계에서 발견되는 비어 있는 중심에 관하여 소설 이론가 제임스 우드는 다음과 같이 인상적인 말을 했다.

"크러스너호르커이를 읽는 것은 마치 광장에 원을 그리며 서서 불가에 손을 쬐고 있는 듯 보이는 사람들을 보다가, 가까이 다가가서야 불은 없고 그들이 텅 빈 곳에 모여 있을 뿐이라는 것을 발견하는 것과 같다."_'Madness and Civilization', 〈뉴요커〉(2011. 6. 27)

7

몰락과 형식: 바로크적 과잉과 순환하는 시간

크러스너호르커이 라슬로가 상정하는 독자의 자리로 올라서기란 지난하다. 단락 구분도 없이 여러 페이지에 걸쳐 이어지는 문장들은 읽기에 호흡이 벅차다. 더욱이 그 극사실적인 묘사가 비와 진흙과 거미줄과 쓰레기 더미와 땀과 불쾌한 냄새로 독자를 끌어들일 때는 더 암울한 기분에 젖어든다.

한 번으로 끝나지 않고, 계속 덧칠되고 증식되는 방식의 묘사는 예컨대 이러하다.

"불빛들, 환한 진열창들, 유행하는 음악, 비싼 속옷, 스타킹, 모자('모자들!')가 눈앞에 선했다. 부드럽고 서늘한 감촉의 모피코트, 조명이 화려한 호텔들, 푸짐한 아침식사 그리고 저녁시간에는, 댄스…"

쉼표와 줄임표로 문장을 늘이면서 감각적인 사물들을 묘사해나갈 때, 그 표현의 '과잉'이 오히려 '허망함'을 부각할 때, 독자는 바로크적 주제를 깨닫는다. 17세기 바로크 정물화에서 풍요로운 과일과 화려한 꽃이 화면을 가득 채우지만 그 한가운데에는 해골이 놓여 있었던 것처럼. 바니타스, 모든 것은 헛되다.

이처럼 소설 곳곳에서 '용암처럼 흘러가는 덩어리진 언어적 축적'을 헤치고 나아가며 독자는 힘겨워하지만, 그것은 타협할 수 없다는 크러스너호르커이 라슬로의 작의에 부합하는 일이다.

"나무들을, 비와 진창길을, 노을과 서서히 내려앉는 어둠과 피로하게 움직이는 근육을, 정적을, 구부러진 길과 풍경을."

문체론적 관점에서 나열, 반복, 점층 구조를 통한 목록의 작성이라고 요약할 수 있는 이러한 문장들의 특징은 무엇을 가리키는가? 출발점으로 형이상적 '부재'와 '이명'을 카프카와 공유하지만, 크러스너호르커이가 선택한 형식적 수단은 그와 다르다. 크러스너호르커이 라슬로는 허무의 증상인 과잉된 묘사의 축적과 조망이 불가능한 '연속'의 문체를 구사한다. 그리고 이러한 문장들은 《사탄탱고》의 순환하는 시간 구조와 맞물려 결국 동일한 의미를 향해 간다. 그 의미는 바로 허무와 몰락의 완성이다. 순환이 몰락의 형식일 때, 이는 앞서 이리미아시가 분노와 절망의 깨달음을 토로했던 것처럼 '아무도 벗어날 수 없다'는 뜻이다.

소설의 마지막 장에서 마을에 남은 의사는 독자에게 충격적인 깨달음을 준다. 마을로 돌아온 의사는 텅 빈 마

LÁSZLÓ

을에서 자신이 묘사할 수 있는 것이 아무것도 남지 않았음을 깨닫는다. 그는 글을 쓰기 시작한다.

"어느 시월 아침 끝없이 내릴 가을비의 첫 방울이 마을 서쪽의 갈라지고 소금기 먹은 땅으로 떨어질 즈음 (후략)"

맙소사! 라슬로! 이 작가는 겨우 서른한 살에 발표한 데뷔작으로 대체 무슨 짓을 저지른 것인가.

악몽의 영겁회귀와도 같은 사실은, 《사탄탱고》의 마을은 이미 해체되었지만 사람들은 몇 번이고 다시 그곳에 살고 있을 것이며, 끝없이 비는 내리고, 후터키는 거듭 종소리에 잠에서 깨어나고, 사람들은 기만당해 무력하게 세상 속으로 흩어지길 반복하리라는 것이다.

독자는 어렵사리 한 공동체의 운명을 조망할 수 있게 되었다고 느낀 바로 그 찰나에, 자신 역시 몰락하는 마을 사람들과 다를 바 없이 외부를, 이야기의 바깥을 알지 못하는 처지임을 깨닫는다.

《사탄탱고》의 시간은 지연되고 순환한다. 종말은 처음부터 임박해 있지만, 동시에 영원히 순환하며 끝나지 않

조원규 *29

는다. 그것이 《사탄탱고》의 마을이다.

8

◗

하강하는 예술 형이상학

크러스너호르커이는 〈예일 리뷰〉에서 예술에 관해, 좀 더 정확히 말해 예술의 제한성에 관해 이렇게 밝혔다.

"예술은 '상실감'에 대한 인간의 특별한 응답이다. 아름다움은 존재하지만, 우리는 그 경계에서 멈춰야만 한다. 우리가 더 나아가 아름다움을 붙잡거나 만질 수는 없다. 우리는 그 경계에서 멀리 있는 것을 바라볼 수만 있다." 〈예일 리뷰〉 113, no. 1(2025)

《서왕모의 강림》의 단편들에서도 읽히는 유사한 입장의 기원으로 우리는 다시 니체를 떠올릴 수 있다. 니체가 남긴 1888년 《유고Nachgelassene Fragmente》의 한 구절은 다음과 같다.

"우리에겐 진실에 부딪혀 파멸하지 않도록 예술이 있는 것이다."

이 명제를 자세히 들여다보면, 거기에는 이미 어둠이 잠재되어 있다. 예술은 우리를 적극적으로 구원하는 것이 아니라, 파멸을 면하게 할 뿐이다. 크러스너호르커이 라슬로에게 예술은 "현재이며 앞으로도 계속될 아포칼립스"(〈예일 리뷰〉)를 동반하지만, 인간을 구원해줄 수는 없다.

예술에 관한 크러스너호르커이의 비관적 견해를 니체의 예술관에 비추어 필자는 '하강하는 예술 형이상학'이라고 부르고 싶다. 에슈티케의 죽음을 동행하는 '시선'이지만 그것이 소녀를 구하지는 못하는 것처럼, 벨라 타르 감독의 영화 〈토리노의 말〉이 "말에게 무슨 일이 일어났는가?"를 물으며 내내 동반하지만, 6일에 걸쳐 점진적으로 어둠으로 내려가는 구조를 갖는 것처럼, 어둡게 하강하는 예술이 크러스너호르커이 라슬로의 예술 형이상학이 아닐까? 《사탄탱고》의 의사처럼 스스로도 구제하지 못하는 증언자의 형이상학 말이다.

유럽 문예사에는 허무와 니힐리즘을 극복하는 매개체

로 예술과 형식을 상정하는 예술 형이상학의 전통이 있
다. 니체로부터 카프카를 경유하여 크러스너호르커이 라
슬로에 이르기까지, 하강하는 어두운 예술 형이상학의
노선을 거론할 수 있다.

크러스너호르커이 라슬로의 문학은 이전보다 더 어둡
지만, 구원하지 않으며 동행하는 예술의 가치를 익숙하
게 증명한다. 그래서 우리는, 그와 함께, 여전히 예술 안
에서 추락하는 쪽을 택한다.

KRASZNAHORKA

사탄과 함께 탱고를,
크러스너호르커이는 여섯 스텝 앞으로,
벨라 타르는 여섯 스텝 뒤로

정성일

영화감독, 영화평론가.
〈로드쇼〉의 편집차장, 〈키노〉의 편집장, 〈말〉의 최장수 필자를 거치며 대한민국 영화 비평의 흐름을 바꾸어놓았다. 2009년 겨울 첫 번째 장편영화 〈카페 느와르〉를 찍었으며, 《나의 작가주의 : 왕빙, 영화가 여기에 있다》《언젠가 세상은 영화가 될 것이다》《필사의 탐독》 등을 썼다.

KRASZNAHORKAI

LÁSZLÓ

소설은 이렇게 시작한다.*

"어느 시월의 아침 끝없이 내릴 가을비의 첫 방울이 마을 서쪽의 갈라지고 소금기 먹은 땅으로 떨어질 즈음(이제 첫서리가 내릴 때까지는 온통 악취 나는 진흙 바다가 펼쳐져 들길로 다니기도, 도시로 가기도 어려울 터이다), 후 터키는 종소리에 잠에서 깨어났다. 소리가 들려올 가까운 데라곤 남서쪽으로 4킬로미터 떨어진 호호마이스 지

* 여기서 소설의 인용은 모두 《사탄탱고》(조원규 역, 알마)에 따랐다. 헝가리 이름은 한국과 마찬가지로 성이 앞에 나오므로, Krasznahorkai Lázsló라고 쓰고 성과 이름순으로 읽는다. 또한 영화 속의 등장인물 역시 영화 자막 번역 대신 소설 번역의 이름을 따랐다. 하지만 영화 〈사탄탱고〉의 감독인 Tarr Béla는 국내에서 벨라 타르라고 알려졌기 때문에 관행에 따랐다.

대의 외진 소성당 하나뿐인데, 거기엔 종이 없는 데다 종탑은 전쟁 중에 무너졌으며, 멀리 있는 도시의 소리가 여기까지 와 닿을 리도 없었다. 게다가 어쩐지 의기양양하게 울리는 종소리는 멀리서 들려오는 것 같지 않고, 오히려 아주 가까운 곳으로부터('아마도 방앗간에서…') 바람에 실려 오는 것 같았다."

영화의 첫 장면은 이 문장과 상관이 없다. 흑백 화면, 화면비 1.66. 첫 장면을 묘사하면서 일부 어휘는 소설에서 가져오겠다. 시골 마을 축사에서 소들이 바깥으로 나온다. 이들을 이끄는 사람은 없다. 바닥은 진흙탕이다. 카메라가 멀리 떨어져 있다. 소를 정확히 세어보기는 어렵다. 아마 13마리는 넘는 것 같다. 문이 열리고 왼쪽에서 오른쪽으로 소들이 이동한다. 그러자 카메라가 왼쪽에서 오른쪽으로 소 무리와 일정한 거리를 유지하면서 수평 이동을 시작한다(horizontal_traveling). 소와 카메라는 꽤 먼 거리를 유지하는데, 아마도 촬영 레일을 놓은 것으로 보인다. 한 마리, 그리고 또 한 마리의 소가 대열을 이탈해서 카메라가 있는 쪽으로 다가온다. 카메라는 개의치 않는다. 소들을 바라보면서 멈추지 않고 수평 이동을 계속한다.

이동하는 소와 카메라의 사이에 농가 건물이 끼어든다. 그 건물의 벽을 수평으로 따라간다. 그 벽에 몇 가지 숫자와 기호가 쓰여 있지만, 원래부터 있었던 것 같다. 소 무리와 카메라를 가로막는 다른 축사의 문에는 63이라는 숫자가 쓰여 있다. 그보다 시선을 끄는 것은 벽이 거의 허물어지고 있다는 것이다. 폐허라고까지 할 수는 없지만, 풍화 작용에 부서지고 있다. 시멘트가 벗겨지고, 허물을 벗기라도 한 것처럼 벽돌이 드러나 보인다.

카메라는 멈추지 않고 일정한 거리를 유지하면서 소들과 함께 수평 이동한다. 종소리가 멀리서 들리는 것처럼, 소리 안에서 소리가 다시 반향을 일으키는 듯한 음악이 가끔 후시(post_production) 녹음된 바람 소리와 뒤섞여서 질질 끌려가듯이 공간 전체를 맴도는 것만 같다. 어느새 닭 무리가 나와서 모이가 있기라도 하듯 흩어져서 소 무리를 개의치 않고 땅바닥에만 관심을 기울인다. 카메라가 이동을 멈춘다. 소들이 다른 축사로 들어간다.

7분 49초. 단 하나의 쇼트, 롱테이크 촬영*. 아무 사건

* 영화 〈사탄탱고〉의 상영 시간은 7시간 19분이다. 영화사 자막, 12개

도 없다. 그게 전부다. 그러고 나면 검은 화면(black_out)에 한 남자가 낭독한다(voice_over_narration). 처음에 인용했던 크러스너호르커이가 쓴 소설의 첫 문장이다. 이제부터 이 목소리가 소설의 문장을 이따금 낭독할 것이다.* 영화의 첫 장면에 끈질기게 주석을 달면 전체를 바라볼 관점을 얻을 수 있을 것이다. 마치 첫 장면은 전체를 펼치듯이 영화를 표현하고 있다.

첫 번째 설명. 왜 이 첫 장면을 보면 세계가 갑자기 만들어지는 것 같을까? 이 장면을 바라보면, 문득 영화사의 첫 번째 영화, 즉 뤼미에르 형제가 첫 번째 날에 상영했던 10편의 영화 중 한 편인 〈리옹 공장에서의 귀가〉가

의 중간 제목을 단 검은 화면, 그리고 마지막에 스태프와 배우를 소개하는 화면을 제외하면 7시간 5분이고 모두 152쇼트로 이루어졌다.

* 소설 문장을 낭독하는데, 소설 문장을 고스란히 낭독하지는 않는다(혹은 않는 듯하다). 이를테면 소설에서는 "남서쪽으로 4킬로미터 떨어진"으로 되어 있지만, 영화에서는 "8킬로미터 떨어진"이라고 말한다(내가 참조한 영어 자막 판본은 Arbelos Films Studio에서 다시 작업한 디지털 리마스터링 4K다). 영화 〈사탄탱고〉는 벨라 타르와 원작자 크러스너호르커이 라슬로가 함께 각색했기 때문에 일부 수정했을 수 있다. 내가 헝가리어를 알지 못하고 원작 소설을 원문으로 읽지 못했기 때문에, 이 차이를 비교하는 것은 내 능력 밖의 일이다. 여기서는 결정적인 차이가 아니면 소설 번역본을 따를 것이다.

떠오른다. 상영 시간 46초. 하나의 쇼트, 한 편의 영화. 문이 열리면 노동자들이 바깥으로 나온다. 몇몇 노동자들이 오른쪽 프레임으로 나가지만 대부분 왼쪽 프레임으로 나간다. 문이 열리고, 그런 다음 전개된다. 이 장면에서 영화가 시작되었다. 여기서 세계를 기록하는 하나의 방법이 시작되었다. 여기서 하나의 세계가 펼쳐졌다. 문자 그대로 하나의 현시顯示다.

하지만 그 세계는 날씨가 나쁘다. 아주 나쁘다. 쉴 새 없이 비가 내리면서 미처 옷을 말릴 틈도 없을 만큼 오싹한 습기가 밀려든다. 어디 그뿐인가. 누가 방문하기라도 한 듯 연신 창문을 두들긴다. 첫 번째 장도 그렇게 시작했고, 두 번째 장도 그렇게 시작하고, 세 번째 장도 그렇게 시작했고…. 하긴, 나쁜 방문이 있다. 이리미아시와 페트리너가 돌아왔다. 들리는 말에 의하면 "위대한 마법사"인 이리미아시는 "마음만 먹으면 소똥으로 성을 지을 수도 있다"고 한다. 하지만 1년 반 전에 죽었다고 하던데, 어떻게 돌아올 수 있을까? 아니, 왜 돌아온 것일까?

유령처럼 돌아왔다. 쓰레기처럼 돌아왔다. 그렇다, 쓰레기들, 경찰의 앞잡이들, 이 집 저 집 돌아다니면서 비밀을 물어다 주는 개들. 기회만 닿으면 누구에게든 돈을 훔치고 사기를 치려 들 것이다. 크러스너호르커이는 그들이 어떻게 돌아왔는지 설명하지 않았지만, 벨라 타르는 쓰레기 더미들이 바람에 날리는 결에 실려 가는 그들을 뒤따라온다. 아니, 그들은 구태여 오려고 한 것도 아닌데 바람에 떠밀려 여기까지 온 것만 같다. 두 번째 장 '우리는 부활한다'의 첫 장면에서 그렇게 돌아오지 않았던가. 모두 그 이름을 혀에 올릴 때마다 몸서리를 친다. 예외가 있긴 하다. 가련한 에슈티케의 교활한 오빠 서니, 호르고시의 아들 서니는 이리미아시와 페트리너가 마을로 가는 길에 들어서자 어딘가 숨어 있다가 냉큼 나타나 마을에 관해 이것저것 고자질하면서 그들과 동행한다. 이 마을은 잘못 가고 있다. 이 마을을 둘러싼 세계는 제멋대로 각자의 발길을 따라 풀려가고 있다. 그런데 아무도 떠날 엄두를 내지 못한다. 아무도 그렇게 말하지는 않지만, 그들은 여기 거주한다기보다 붙잡혀 있는 것처럼 보인다. 마을 사람들은 각자 한 가지 혹은 그 이상의 비밀을 알고 있는 양 조심스럽다. 어떤 비밀? 그러거나 말거나 다들 제 궁리에 바쁜데 누가 신경이나 쓰겠는가.

LASZLO

아 참, 잠깐만, 그들 중 일곱 명이 마을을 떠나기는 한
다. 소설 전체를 둘로 나누고 여섯 번째부터 거꾸로 셈
을 해나가는데, 그중 2부 다섯 번째 장 '되돌아본 광경'
에서다. 영화는 2부라고 나누는 대신 중간에 막간 휴식
intermission을 두고 소설과 달리 중간에 시작하는 장에
숫자는 달지는 않았지만 같은 제목을 사용했다. 그건 아
무래도 상관없다. 중간 제목에 숫자가 있느냐, 없느냐
는 여기서 중요하지 않다. 어쨌든 마을 사람 중에 일곱
명이 이 마을을 떠난다. 마치 일곱 개의 봉인처럼 길을
떠나는 일곱 명. 그런데 그들은 정말 떠나기는 한 것일
까? 그들은 떠날 수 있을까? 그들은 어디로 떠난 것일
까?

크러스너호르커이가 하는 말에 따르면 "시내를 떠나
알마시로" 향했다. 하지만 그들이 도착한 시내는 이미
모두 피난을 떠나기라도 한 것처럼 텅 비어 있다. 그들은
쉼 없이 내라는 비를 피해 커다란 저택에 도착한다. 후터
키가 보기에 그 저택은 이렇다.

"이 영지만 해도 그렇지, 귀족들이 살았을 땐 이곳이 상
당히 그럴듯한 곳이었는데, 지금은 어떻지, 내가 마지막

으로 봤을 땐 방마다 잡초가 자라고 기와*는 바람에 날아가고 문과 창문도 다 떨어져 나간 상태였지, 바닥이 꺼져서 지하실이 내려다보이는 곳도 있었단 말이야."

나는 이 저택을 시적으로 읽는 대신 역사의 정치경제학으로 돌려놓고 싶다. 텅 빈 저택. 귀족들이 살았던 집. 그들이 모두 사라지고 집만 남았다. 왜냐하면 귀족의 시작이 끝났기 때문이다. 귀족의 하부 토대였던 콜로누스들은 생산력의 모순 과정을 통해 예속을 벗어났다. 하지만 다음 단계가 기다리고 있었다. 기나긴 투쟁. 그리고 농민들은 집단농장에서 새로운 생산양식의 삶을 시작했다. 지금 그들은 농장을 떠나서 여기에 도착해 6시 43분에 이리미아시가 한 약속, "여러분을 위해 사흘 동안 잠도 못 자고 몇 시간씩 빗속을 걸어왔어요. 어려운 문제를 해결하려고 이 관청 저 관청을 찾아다녔구요"라는 말에 다시 한번 속는다. 미래의 보금자리. 새로 시작하리라는 약속, 황홀한 자유의 공기, 해방의 감각. 하지만 그런 곳

* 영화에서는 기와가 보이지 않는다. 크러스너호르커이가 본 것을 벨라 타르는 놓쳤을지도 모른다.

이 정말 지상에 남아 있을까? 집단농장의 농민들을 위해서 누가 만들어놓고 기다리고 있을까?

마을 사람들이 이 마을에서 이리미아시가 약속한 땅으로 가는 장면은 첫 장면, 즉 소들이 비를 맞으면서 이 축사에서 저 축사로 옮겨 가는 기나긴 시작을 반복하는 것처럼 보인다. 벨라 타르는 소들이 여기서 저기로 가는 장면을 찍은 것처럼(horizontal_traveling_shot) 마을 사람들이 이 마을에서 약속의 땅으로 가는 장면을 동일한 방법으로 찍었다. 지금 장소를 말하는 것이 아니다. 시간이 제멋대로 가고 있다. 앞에 와야 할 시간이 뒤에 다가오고 있고, 뒤에 와야 할 시간이 이미 지나쳐 갔다. 이제 두 번째 설명의 차례다. 어떤 설명? 해야만 하는 시간, 갚아야 하는 시간, 하지만 계산하지 않았다면 반드시 배상해야 할 시간, 자본의 시간에 관한 설명.

두 번째 설명. 소설과 영화 사이의 시차적 간극이 둘 사이의 거리, 이 축사에서 저 축사로의 이동을 설명해 줄 것이다. 두 개의 판본이 있다. 하나는 소설이고 다른 하나는 영화다. 이 둘 사이의 결정적인 간극은 무엇인가? 크러스너호르커이는 1985년에 소설을 썼고, 벨라 타르는 1992년 2월 4일에 촬영을 시작해서 1994년 1월

16일에 마쳤다. 그사이에 무슨 일이 있었는가? 헝가리라는 문제, 소설을 쓴 무대, 영화를 찍은 장소에 변화가 생겼다. 크러스너호르커이는 소설을 너무 이르게 썼다.

1985년 소비에트가 페레스트로이카와 글라스노스트라는 사회주의 블록 붕괴를 시작하자, 사회주의 위성국가였던 헝가리는 이듬해 개혁을 시작했다. 1989년 8월 헝가리 사회주의노동당이 하야했고, 10월 23일 헝가리공화국 헌법이 시행되면서 시장경제를 받아들였다. 헝가리 인민공화국은 막을 내렸고, 헝가리공화국이 시작되었다. 자본주의는 빠른 속도로 진행되었다. 유럽 자본주의는 사회주의 동구권을 차례로 경제적으로 분할해가며 조합을 해체해나갔고, 사법과 국가 장치를 유럽 경제의 재생산 과정에 재편시켰다. 1996년, 헝가리는 OECD에 가입했다.

〈사탄탱고〉는 무슨 이야기인가? 농촌을 무대로 한, 사회주의 관료 감시 체제하에서 작동하는 조합의 우화다. 벨라 타르는 영화를 너무 늦게 만들었다. 하나는 너무 이르고, 다음 하나는 너무 늦다. 역사의 이쪽과 저쪽, 그사이에서 현실은 동일한 마을을 한 번은 저기에 있는 마을로, 그리고 다음 한 번은 여기에 있는 마을로 만든다.

LÁSZLÓ

물론 훨씬 뒤로 멀리 물러날 수 있다. 어디까지? 프란츠 카프카, 그리고 우리가 길을 잃었던 《성》. 하지만 이리미아시와 페트리너는 요제프 K가 아니다. 그들은 여기에 토지 측량을 위해서 온 것이 아니라, 이 동네를 감시하고, 밀고하고, 호시탐탐 마을 사람들의 주머니에 숨겨둔 돈을 사기쳐서 훔쳐 달아나기 위해 찾아온 것이다. 아, 하마터면 잊을 뻔했다. 카프카의 동물들, 즉 원숭이, 작은 개, 두 필의 말, 절반은 고양이 새끼이고 절반은 양인 별난 짐승, 독수리, 황새, 담비, 쥐며느리(너무 많아서 아마 내가 놓친 명단을 열거할 수 있는 분이 있을 것이다).

벨라 타르 영화의 첫 장면에서 소 무리, 그리고 닭들, 한밤중에도 술에 취한 후터키 곁에서 함께 비를 맞으면서 술집 문 앞을 기웃거리는 한 마리 돼지, 그리고 에슈티케의 불쌍한 고양이 미추르*. 벵크하임 시내 광장에 갑자기 나타난 말들. 전하는 말에 따르면 그 말들은 도살

---

* 당연한 말이지만 여기서는 이미 독자들이 소설을 읽었을 테니, 등장인물들을 한 명씩 소개하지도 않을 것이고 줄거리를 나열하지도 않을 것이다. 이미 소설 번역본의 조원규 시인이 아름답게 해설해두었다. ('해설, 종 없는 종소리', 《사탄탱고》, 399~408쪽)

장에서 도망쳤다고 한다. 일곱 명의 마을 사람들이 집단 농장을 떠난 다음 이리미아시를 기다리는 저택에서 그들을 지켜보고 있는 부엉이. 한 번 더 말하겠다. 그들이 바라보는 것이 아니라, 그들을 지켜보고 있다. 틀림없이 카프카의 이도 저도 아닌 사이, 이승의 세계와 저승의 질서 사이에 끼어서 자신이 지금 길을 잘못 든 것인지, 아니면 그만 발을 헛디뎌서 추락한 것인지 분간할 수 없는 곳에 도착했다는 낭패스러운 기분, 그런데도 계속 저녁 종소리가 잘못 울리고 있는 그 상황은 크러스너호르커이의 소설에서건 벨라 타르의 사운드트랙에서건 고스란히 반복되고 있지 않은가. 아니, 첫 장면의 종소리가 뒤섞인 신음처럼 낮은 배경음악을 듣자마자 카프카를 떠올렸을 것이다. 혹은 첫 문장에서 종소리라는 단어를 마주치자마자 눈보라 속을 헤매며 환자에게 가기 위해 애쓰던 가여운 의사 이야기의 마지막 문장을 떠올렸을 것이다. 물론 잘못된 노래를 들었을 것이다. "지상의 마차를 끌고 있는 동물들은 지상의 것이 아닌 말들"이다. 여기에 올라탄 기분. 만일 첫 장면에서 놓쳤다면 그게 소설에서건 영화에서건 마지막 장인 '원이 닫히다'에서 읽었거나 보았을 것이다. 게다가 분명히 크러스너호르커이는 카프카를 의식하고 있는데, 이 마지막 장은 마을 의사에게 모든 책임을 떠넘기고 있지 않은가.

그러므로 이 기분은 마을 사람들뿐 아니라 벨라 타르의 낭패일 것이다. 이때 이쪽에서 저쪽을 볼 때도, 반대로 저쪽에서 이쪽을 볼 때도 역사의 개입으로 마을은 일그러진 형상으로 우리 앞에 펼쳐지고 전개된다. 그 둘은 하나로 종합할 수 있는 것이 아니다. 반대로 둘 사이에는 어떤 방법을 동원해도 환원 불가능한 간극이 놓여 있을 뿐이다. 그 사이는 세계의 밤이다. 여기서 낮은 비가 내리거나 잠시 비를 기다리는 구름 때문에 낮인지 밤인지 분간할 수가 없고, 밤은 밤이다. 생각해보니 영화에서 밝은 낮은 에슈티케가 벵크하임의 성 폐허에서 직접 죽인 고양이를 가지런히 옆에 눕히고 쥐약을 먹고 죽을 때뿐이다. 크러스너호르커이는 그 모습을 이렇게 설명했다.

"소녀는 이제 걱정할 필요가 없었다. 천사들이 데리러 오는 중이라는 걸 소녀는 분명히 알고 있었다."

벨라 타르의 영화를 위해서 크러스너호르커이는 좀 더 장황하게 같은 내용을 한 번 더 썼다. 그리고 그걸 남자가 낭송한다. 하지만 에슈티케는 천국에 가지 못할 것이다. 가련한 에슈티케는 기도하는 것을 그만 까먹었다. 단지 쥐약을 먹었을 뿐이다. 그게 전부다.

벨라 타르의 영화를 보면서 소설에 더한 것도 별로 없는데, 오히려 반대로 거듭 뺄셈을 하고 있는데도, 거기에 무언가 더해진 게 있는 것만 같은 느낌을 불러일으킨다. 어떤 느낌. 당신을 소스라치게 놀라게 만드는 느낌. 향수. 제발 사라지기를 간청하는 사회주의 집단농장 앞에 서서, 모두가 모두를 속이면서, 속여가면서, 다 부서져가는 농가의 풍경을 바라보면서, 어디서? 창문 앞에 서서, 그렇다, 혹시라도 누가 올까 기다리기는커녕 조마조마한 마음으로 그 앞에 서서 내다보고 있는데, 그 방, 그 창문이 있는 방에는 쥐들이 드나들고 있다. 농장. 그런데 여기는 그냥 농장이 아니다. 집단농장. 첫 번째 장 '그들이 온다는 소식'의 첫 광경. 후터키는 친구 슈미트의 아내와 붙어먹고 있고, 아무것도 모르면서 슈미트는 후터키의 임금을 떼어먹을 궁리만 하고 있다. 이런데도 향수를 느낀다.

크러스너호르커이는 사회주의 헝가리의 몰락을 기다리고 있다. 그래, 이렇게 살아가는 사회주의는 몰락할 거야, 암, 그렇고말고, 그리고 정말 몰락했다. 아무런 대책도 없이 그렇게 몰락했다. 역사로부터 아무것도 상속받지 못한 채, 어느 날 갑자기 그렇게 여기에, 거기에, 도대체 어디라고 말하기도 어려운 시간에 도착했음을 깨달았다. 소설을 읽으면서, 영화를 보면서. 이게 도대체 어느 때인지 분간한 적이 있었나요. 그 시간의 안개 속, 더도 덜도 아닌 그 안. 벨라 타르의 영화는 여기서 무얼 지켜보고 있는가. 사회주의의 몰락. 한 번 더, 같은 말을, 하지만 다른 맥락으로, 이 소스라치게 놀랄 말. 아직 오지도 않았는데 벌써 몰락하다니요. 사회주의의 시간이란 미래의 시간이다. 선물을 주겠다고 틀림없이 약속했는데, 아직 아무것도 증여받지 못했는데, 미처 계산을 마치지도 않았는데, 몰락이라니요.

우리는 소설 속에서, 영화 안에서. 그렇게 모두 다른 꿍꿍이를 품고서 기다리고 또 기다리는 것을 보았다. 네 번째 장 '거미의 작업 1'에서, 그다음 에슈티케가 죽는 동안 계속되고 있는 여섯 번째 장 '거미의 작업 2: 악마의 젖꼭지, 사탄탱고'로 이어지는 내내, 간단하게 이 마을의 유일한 술집에서. "난방 좀 하지그래"라는 농부 케레케시의 한마디로 시작한 다음 이상하게도 한 명씩, 한 명씩 증식하는 이 장소에서 횡설수설에 가까운 기다림을 각자 누설하고 만다. 기다린다. 무엇을? 그들은 기다림을 기다린다. 틀림없이 크러스너호르커이는 베케트를 읽었다. 하지만 벨라 타르는 고도가 이 동네를 언젠가, 온 적도 없는데 이미, 지나간 다음 다시 돌아올 리가 없다는 것을 안다.

이 상황을 제일 잘 아는 인물은 이리미아시다. 그가 동네 사람들이 생각하는 것처럼 마법사가 아니라 시인이라는 것을 알아본 사람은 그 곁에 함께 돌아온 페트리너다. 이리미아시는 관공서에서 두 개의 시계를 보면서 말한다.

"시간이 제각각이군. 둘 다 정확하지 않고, 여기 우리 시계는, (중략) 너무 느리게 가네. 저쪽 시계는… 시간이 아니라 처분을 기다리는 영원한 순간을 가리키는 것 같군. 비를 맞는 나뭇가지나 우리나 마찬가지야. 거부할 방법이 없지."

두 개의 시간. 너무 느린 시간. 멈추어선 시간. 마르크스는 1846년에 "공산주의는 우리에게 확립되어야 할 사태가 아니라 현실이 그 자신을 거기에 따라 수정하지 않으면 안 될 하나의 이상"(《독일 이데올로기》)이라고 하지 않았던가. 모든 시인이 사기꾼은 아니지만 모든 사기꾼은 시인이다.

세 번째 설명은 두 번째 설명 다음에 오는 것이다. 같은 말의 다른 판본. 세 번째 설명은 두 번째 설명의 바탕 위에서 성립하는 형식이다. 두 번째 설명은 세 번째 설명을 안에서 규정하는 원인이며, 세 번째 설명은 두 번째 설명을 바깥에서 전개하는 것이다. 그러므로 세 번째 설명은 '무엇'에 대한 것이 아니라 '어떻게'에 관한 것이다. 장을 바꿔가면서 서로 번갈아 중심 자리를 양보하기라도 하듯이, 옮겨 가는 자리에 있는 마을 사람들은 몇 번이고 크러스너호르커이가 소설 여기저기서 불러온 절지동물 협각류인 거미의 네트워크, 그러니까 거미줄에 걸린 듯이, 한 명이 여기서 반응하면 다른 한 명은 저기서 그 신호를 받아본다. 숨어 있다고 생각하지만, 지켜보고 있다. 알고 있다고 믿지만, 모르고 있다. 때로는 그 반대다.

벨라 타르는 동일한 장면을 여기서 한 번 보고 저기서 한 번 본다. 앞에서 한 번 보고 그런 다음 뒤에서 한 번 본다. 이미 지나갔다고 생각했는데 제자리로 돌아와 지금 보고 있다. 그러므로 그 장면으로 계속해서 되돌아온다. 첫 번째 장에서 후커티는 밤새 슈미트 부인과 재미를 보다가 슈미트가 예상보다 일찍 집에 돌아오자 황급히 뒷문으로 달아난다. 그리고 옆집 담장에 서서 "조마조마한 표정으로" 숨어 슈미트가 집에 도착한 다음 다시 문 바깥으로 나와 바지춤을 내리고 집 앞 아무 데나 오줌 누는 것을 훔쳐본다. 후커티는 잘 숨어 있었다.

그런데 세 번째 장에서 의사 선생은 오늘도 창문 감시대에 앉아 술과 물을 섞은 잔을 기울이면서 "관찰 대상을 늘리는 일은 최소화하는 게 좋겠군"이라면서 창문 바깥을 지켜본다. 아무것도 모르는 후커티가 창문 맞은편 담장에 숨어서 슈미트네 집을 훔쳐보고 있다. 문이 열리더니 그 집에서 슈미트가 나와 소변을 본다. 너무 멀어서 잘 보이지는 않지만 그것 말고는 그런 자세로는 달리 할 일이 없다. 의사 선생은 내내 지켜보다가 자신의 노트에 기록한다. "후터키, 무언가를 두려워한다. 이른 아침에 깜짝 놀라서 창밖을 내다본다. 후터키는 죽음을 두려워한다." 그리고 덧붙인다. "오래 걸리지 않아, 어차피 모두 죽을 거야. 후터키, 너도 죽는다. 바지에 오줌이나 지리지 말라고."

여기서는 이어 붙였지만, 소설과 영화에서는 첫 번째 장의 앞부분과 세 번째 장의 앞부분으로 후터키와 의사 선생을 나눠 놓았다. 이 말은 정확하지 않다. 첫 번째 장에서는 의사 선생을 보지 못했고, 세 번째 장에서는 의사 선생을 본다. 그런데 그 둘은 동시에 벌어지고 있는 광경이다. 아마 크러스너호르커이라면 여기서 2부 세 번째 장 제목인 '다른 방향에서 본 광경'이라고 썼을 것이다. 질문은 세 번째 장 첫 장면을 본 다음에 할 것이다. 먼저 던질 질문은 한참을 진행한 다음, 왜 이런 말을 하느냐면, 그 둘 사이에 두 번째 장이 있기 때문이다. 그뿐만이 아니라 첫 번째 장은 후터키가 숨어 있다가 시침 뚝 떼고 슈미트의 집으로 되돌아가 마치 이른 아침에 방문했다는 듯이, 슈미트와 농장에서 일한 품값과 영수증을 놓고 다투는데, 그 사이에 슈미트 부인이 끼어들어 헐리치 부인의 이야기를 전하는 대목이 포함되어 있다.

"그 여자 말이, 국도에서 이리미아시와 페트리너가 오는 걸 누가 봤다는 거야, 우리 마을로 말이야, 아마 지금쯤이면 술집에 앉아 있을 거라고 했어."

마치 저승사자들을 불러내기라도 한 듯이, 그런 다음 두 번째 장 첫 시작에 이리미아시와 페트리너가 쓰레기 더미들 속 바람에 실린 듯이 이 마을에 들어선다. 이 시작은 소설에는 없다. 소설은 두 번째 장이 시작하면 두 사람은 이미 경찰서 23번 방 앞에 앉아서 자신들을 부를 '그들의 상관'의 호출을 기다린다. 그런 다음 세 번째 장 의사 선생의 방으로 옮겨 간다. 우리는 시간이 흘러갔다고 생각했다. 그런데 다시 맨 첫 장면으로 돌아온 것이다. 돌아왔다기보다는 마치 이미 흘러간 시간을 앞으로 끌어당긴 것만 같다. 그때마다 영화를 보다 말고 도대체 시간이 지금 얼마나 흘러간 것일까, 라고 물어보게 된다. 소설을 읽을 때는 시간이 얼마나 흘러갔는지 알 수 없었는데, 영화를 볼 때는 시간이 얼마나 멈춰 있었는지 알 수가 없다. 이리미아시의 시적인 지적. 두 개의 시계. 제시간을 놓친 채로 늦어버린 시계. 그 자리에 시간이 멈춘 시계. 시간이 이 지경이 되면 아무 문제도 풀 수 없다. 문제를 풀 수 있는 것은 그것을 풀 수 있는 시간이 제대로 흘러가기 때문이 아닌가. 여기서는 아무 문제도 풀 수 없다. 한참을 갔는데 제자리다. 누구는 꿈결 같다고 했다. 그럴지도 모른다. 지금 나쁜 꿈을 꾸는 중이다. 사회주의의 시간, 메시아의 시간, 그런 줄 알았는데 지금 묵시록의 시간이 찾아오고 있다. 이리미아시와 페트리너의 방문, 나쁜 시간, 더 나쁜 시간. 소설의 시간. 아니야, 이미 그런 시간은 지났어. 사회주의가 자본주의로 뒷걸음질 치고 있다. 영화의 시간. 시간이 제멋대로 가고 있다. 같은 말을 한 번 더 하겠다. 나쁜 시간, 더 나쁜 시간, 그런데 크러스너호르커이의 시간과 벨라 타르의 시간 중에 어느 쪽이 더 나쁜 시간일까?

아무도 여기서 달아나지 못할 것이다. 그걸 벨라 타르는 소설의 독후감처럼 추가했다. 이 두 개의 장면은 소설에는 없다. 2부 다섯 번째 장 '돌아본 풍경'에서 이리미아시는 2부 여섯 번째 장, 그러니까 이미 알고 있는 대로 2부에서는 거꾸로 셈을 해나가는데, 여섯 번째 장 '이리미아시가 연설을 하다'라는 제목 그대로 긴 연설을 마치자 마을 사람들이 홀린 듯이 자기 주머니에 있던 돈을 모두 꺼내 탁자 위에 올려놓는다. 그 돈을 모두 챙긴 다음, 그러니까 다섯 번째 장, 술집 문 앞에서 이리미아시는 한 번 더, 하지만 이번에는 짧게, 연설이라기보다는 이제부터 할 일을 일러준다. 그러면 마을 사람들은 각자의 짐을 챙겨서 집을 떠난다.

그리고 이미 설명한 귀족의 저택, 텅 빈 집, 거의 허물어져가는 집, 집을 지키는 이라고는 부엉이밖에 없는 집에서 모두 애벌레처럼 서로 뒤엉켜서 잠든다. 그리고 다섯 번째 장의 다음 장, 네 번째 장인 '천국의 비전인가, 환각인가'로 이어진다. 이렇게 말하고 싶지만, 하지만, 다음 장면은 마치 이 저택에 오기까지의 장면이 그저 비전이거나 환각이었던 것처럼, 술집 문 앞에서 이리미아시가 마을 사람들에게 할 일을 일러주는 장면으로 다시 돌아간다.

이 장면은 반대쪽에서 찍었다. 당신을 위해서 좀 더 설명하겠다. 술집 문 앞에서의 장면을 한 번 더 찍었다. 그런데 한 번은 문 앞에서 마을 사람들을 바라보면서 찍었고, 다음 한 번은 마을 사람들 뒤에서 찍었다. 영화 문법에서 이런 장면을 정면 쇼트, 그리고 반대편에서 뒤집어서 찍은 쇼트(reverse_shot)라고 한다. 대화 장면에서 사용되며, 이 장면을 연결하기 위해 상상선(imaginary_line) 혹은 가상선이라고 부르는 것을 설정한다. 보통은 90도 상상선을 그은 다음 45도 각도에 카메라를 세우지만 여기서는 180도 각도에서 마주 본다. 하지만 여기서 이상한 것은 앞의 쇼트와 뒤의 쇼트는 주고받는 관계로 이루어진다. 그런데 여기서는 하나의 장이 끝나고 난 다음 다시 원래의 장면으로 돌아왔을 때 같은 장면을 반대 방향에서 바라보면서 되풀이한다. 그러자 갑자기 한참을 진행했던 다섯 번째 장에서 비를 맞으며 먼 길을 떠나 텅 빈 시내를 지나서 허물어져가는 귀족 저택에 도착해서 잠들기까지의 장면이 모두 무효가 된다. 아니, 그렇게까지는 아니라 할지라도, 잠시 마을 사람이 헛된 꿈을 꾸고 있었거나, 기가 막힌 꿈을 꾸고 있었거나, 하여튼 꿈을 꾸었던 시간으로 여겨진다. 한 가지는 알겠다. 그들은 아무도, 어디로도, 어떻게 해서도, 여기를 떠나지 못할 것이다.

하지만 아무도 에슈티케를 잊지 못할 것이다. 바보 에슈티케. 아니, 잊으려고 애를 써도 에슈티케는 슬그머니 나타나서 여기저기서 어슬렁거린다. 우리는 바보들이 얼마나 지혜로운지 잘 알고 있다. 톨스토이의 바보 이반. 도스토옙스키의 미슈킨 공작 혹은 알료샤, 타르코프스키의 바보들 혹은 미친 사람들. 1부 다섯 번째 장 '실타래가 풀리다'는 바보 에슈티케에게 바쳐졌다고 해도 좋을 것이다. 에슈티케는 교활한 오빠 시너가 한 돈나무 이야기에 속아 돈을 모두 내준다. 그리고 정성스럽게 돈나무

KRASZNAHORKAI

를 심은 다음 비가 내리는 오후 내내 돈나무가 자라기를 기다린다. 에슈티케의 마음을 크러스너호르커이는 친절하게 설명해 주었다.

"언제부턴가 손잡이가 망가진 바구니와 돈이 열리는 황금 가지가 품고 있던 마법의 힘은 오빠에게 인정받기 위한 노력을 다짐하는 소녀의 좁은 범위에서 밀려나게 되었다 (중략) 어떤 일이든 끝이 없기 때문에 최후에 누군가가 일어나지 않는다는 것을 소녀는 그동안 알고 있었지만, 어제 서니가 한 말, 여기 사람들은 하나같이 일을 망치지, 그러기만 반복할 뿐이야, 하지만 우리는 잘할 수 있어, 안 그래, 바보야, 그 말을 듣자 승리의 모순은 사라지고 패배조차도 영웅적인 것이 되었다. (중략) 소녀가 해야 할 일은 무엇이었을까? 소녀도 '이길 수 있다'는 것을 어떻게 증명할 수 있단 말인가? 좋은 생각이 떠오르지 않아 소녀는 주위를 둘러보았다. 기둥이 위압적으로 내려다보고, 여기저기 나무에서 꺾쇠와 못이 솟아 나와 있었다. 심장이 뛰었다."

영화는 에슈티케가 고양이에게 쥐약을 먹이기까지 기

나긴 장면을 보여주지만 이걸 보고 에슈티케의 행위를 설명할 수 있는 관객은 거의 없을 것이다. 왜냐하면 벨라 타르는 소설을 이미 읽은 독자들을 위해서 찍고 있기 때문이다. 그런 다음 죽은 고양이를 안고 비를 맞으며 돈나무를 심어놓은 숲속으로 찾아간다. 아, 가여운 에슈티케, 돈나무를 심어놓은 자리에서 오빠 서니는 돈을 파내 훔쳐 간 다음이다. 하지만 오빠는 사과하기는커녕 쌀쌀맞게 꾸짖듯이 말한다. "넌 뭘 해도 안 되는 애야, 넌 바보로 태어났고, 앞으로도 바보로 살 거란다." 에슈티케는 죽은 고양이를 안고서 비를 맞으며 돌아다닌다.

어느새 밤이 되었다. 에슈티케는 고양이를 안고서 마을 술집 앞까지 왔다. 취한 게 분명한 사람들은 아코디언 연주에 맞춰 춤을 추고 있다. 에슈티케는 한참을 바깥에 비를 맞으면서 서서 창문을 들여다본다. 잠시 음악에 귀 기울이면서 위로를 구하듯이 탱고 춤을 보는 것일까, 아니면 술집에서 누군가를 찾고 있는 것일까? 이렇게 비가 내리는 밤에 누군가 술집으로 오고 있다. 의사 선생이 오고 있다. 에슈티케는 틀림없이 의사 선생이 자기 편을 들어줄 것이라 믿으면서 달려갔다. 하지만 의사 선생은 에슈티케를 밀쳐냈고, 빗속에서 에슈티케 때문에 그만 진흙탕 길에 미끄러져 땅바닥을 굴렀다. 아무래도 마찬가지다. 에슈티케는 "모든 것이 와르르 무너지고 부풀어오르는 것처럼 느껴졌"을 것이다. "공포에 질린 채 의사의 등 뒤에서 땅이 갈라지고 그가 바닥 없는 심연으로 추락하는 것"을 보았다. 에슈티케는 마치 보물이라도 되듯 죽은 고양이를 안고 벵크하임 성에 가서 남은 쥐약을 먹고 그 곁으로 갈 것이다.

하지만 그 전에 잠깐, 에슈티케가 한밤중에 술집 앞에서 술집 앞에서 의사 선생에게 무언가를 하소연하는 방금 앞의 장면을 이미 한참 전에 보았다. 1부 세 번째 장 '뭔가 안다는 것'에서 의사 선생은 집을 나선 다음 방앗간에서 에슈티케의 두 언니를 만났고, 긴 대화를 나눈 다음, "캄캄한 밤중에 유일하게 밝은 점인 그곳을 향해 방향을 잡을 수 있었다. 그러나 술집은 손 닿을 듯 가깝게 느껴지면서도, 똑바로 쳐다보려고 하면 할수록 그에게서 멀어지는 것 같았다". 그리고 어느새 술집 문 앞에 섰을 때 가느다란 목소리가 들렸다. 에슈티케의 목소리. 어떻게 된 것일까? 마치 네 번째 장은 세 번째 앞에 있어야만 할 것만 같은 장면. 하지만 세 번째 장은 네 번째 장보다 먼저 시작되었다. 그런데 세 번째 장은 첫 번째 장, 후터

LÁSZLÓ

키가 슈미트 부인과 재미를 보다 말고 슈미트가 귀가하는 바람에 문 바깥으로 도망쳐 나오는 걸 감시하듯이 훔쳐보면서 시작하였다. 그 시간에 두 번째 장, 바람이 몹시 부는 시내 인적이 보이지 않는 길목을 따라 이리미아시와 페트리너가 들어서서 관공청을 찾아가고 있었다.

하지만, 나는 하지만, 이라는 부사를 반복해서 쓰고 있는데, 하지만 어쩔 수 없는데, 같은 장면의 다음 이야기가 있다. 네 번째 장 '거미의 작업 1'과 여섯 번째 장 '거미의 작업 2: 악마의 젖꼭지, 사탄탱고'는 둘로 나누어진 하나의 시퀀스다. 술집에서 시작했고, 사람들이 하나둘 모여들고, 춤을 추기 시작하고, 하지만 아직 탱고는 아닌데, 여섯 번째 장에 가서야 비로소 탱고를 추기 시작한다. 그 두 개의 장 사이에 다섯 번째 장 '실타래가 풀리다'가 있다. 에슈티케는 오빠와 돈나무를 심고, 고양이에게 쥐약을 먹였고, 오빠의 속임수를 깨닫고, 비 오는 밤에 술집에 찾아갔다가 문 앞에서 의사 선생을 마주쳤지만 도망쳤고, 그리고 쥐약을 먹으면서 끝난다.

다섯 번째 장을 사이에 두고 벨라 타르는 네 번째와 여섯 번째를 한 번 접었다. 여섯 번째 장에는, 소설에는 없는데, 차라리 나는 이렇게 말하고 싶은데, 크러스너호르커이는 잊어버렸는데 벨라 타르가 잊지 않고 찍은 장면이 있다. 술집에서 사람들이 탱고 춤을 추는데 갑자기 영화가 창문 바깥을 바라본다. 거기에 에슈티케가 서 있다. 잠시 시간을 앞으로 돌려서 의사 선생이 술집에 도착하기 전에 창문 바깥에 서 있었던 에슈티케라고 말해버리면 간단하게 설명된다. 하지만, 또 하지만, 그 장면을 마주쳤을 때 반대로 말하게 될 것이다. 창문 바깥에서 죽은 에슈티케가 돌아와 술집 안을 들여다보고 있는 것처럼 보인다. 왜냐하면 지금은 여섯 번째 장이고, 에슈티케는 다섯 번째 장 마지막에 쥐약을 먹고 "천사들이 데리러 오는 것"을 기다리고 있었기 때문이다. 앞에 있는 시간은 뒤에 출몰하고, 뒤에 있는 시간은 앞에 다가온다. 더 많은 장면을 불러내서 시간을 셈할 수 있다. 하지만 퍼즐을 풀어 나가는 것은 내 목표가 아니다. 네 번째를 설명할 시간이다.

다시 첫 장면으로 돌아오겠다. 수평으로 카메라가 이동하면 다섯 가지 반응이 있다. 첫 번째, 얼마나 오랫동안 이어질까? 지속의 문제. 두 번째, 왜 이렇게 시작하는 것일까? 해석적 관점. 세 번째, 저 소들은 이제부터 전개될 이야기에서 무엇에 대한 비유일까? 알레고리의 개념화. 네 번째, 지금 저 소들이 이동하는 걸 보고 있는데 내가 보는 걸 영화도 보고 있는 것일까? 풍경을 보아야 했던 것은 아닐까? 날씨를 보아야 했던 것은 아닐까? 관점의 문제. 다섯 번째, 카메라의 속도와 거리에 대해서 무엇을 느껴야 할까? 정동의 질문. 여기서 벨라 타르는 크러스너호르커이가 쓰지 않은 것을 찍었다. 그렇게 시작했다.

롱테이크 촬영. 멈추지 않고 계속해서 하는 촬영. 찍고 있는 동안의 영화의 시간과 장소의 물리적 시간의 일치. 첫 신을 롱테이크로 촬영했지만, 이 영화의 원칙은 아니다. 종종 벨라 타르는 카메라의 이동을 잊어버린 것처럼 세워 놓기도 한다. 또한 1부 두 번째 장 경찰서 관공청에서 이리미아시와 페트리너가 보고할 때 과도할 정도로 전통적인 문법에 따라 대화를 주고받으면서 쇼트를 진행한다(shot_reverse shot). 하지만 두 가지를 함께 말해야만 분명해질 것이다. 하나는 카메라는 둘 중 하나의 방향으로 이동한다. 수평으로 이동하거나, 아니면 수직으로 물러나거나 다가간다. 수직으로 물러날 때는 인물이 앞으로 다가오기 때문이고, 다가갈 때는 등 뒤에서 따라갈 때다. 모든 장면이 두 개의 방향만 있는 것은 아니다. 2부 네 번째 장 '천국의 비전인가, 환각인가'. 슈타이거발트의 술집에서 이리미아시는 이제까지 집단농장의 마을 사람들의 성향을 한 명씩 부르고 페트리너는 그걸 받아쓴다. 그때 카메라는 빙빙 원형을 그리면서 돌기 시작한다. 2부 두 번째 장 '그저 일과 걱정뿐'. 관공청 사무실에서 이리미아시와 페트리너가 '상스러운' 단어들로 작성한 보고서를 다시 타이핑하는 두 명의 관료를 찍을 때 카메라는 타이핑을 하는 책상을 중심으로 마치 행성 주변을 회전하는 위성처럼 느리게 빙빙 원형 운동을 한다. 같은 내용은 같은 방법으로 찍을 수밖에 없다는 것처럼 그렇게 회전한다.

다른 하나는 카메라가 대상으로부터 너무 멀거나, 마치 첫 장면의 소들처럼, 아니면 지나치게 가깝다. 너무 가까워서 얼굴만 화면에 가득 보인다(close_up). 그때 얼굴은 영혼이 증발한 것처럼 텅 비어 있거나, 아니면 틀림없이 무언가를 보고 있는데 장님이라도 된 것처럼 아무것도 보지 못하고 있는 것 같거나, 누구보다도 에슈티케, 반대로 너무나 고통스러워 영혼이 빠져 달아날까 두려워서 할 수 있는 한 얼굴을 찡그려 붙잡고 있는 것처럼 보이거나, 그 어느 장면보다도 낡은 저택, 금방이라도 무너져 버릴 것만 같은 저택에 도착한 마을 사람들의 얼굴들, 그 얼굴들을 가까이, 아주 가까이, 너무 가까워서 보는 자리에서 숨이 막힐 것만 같은 거리에서 차례로 바라보면서 수평으로 이동한다.

그래서 여기서 지속과 거리, 방향이 문제가 된다. 롱테이크는 세계의 물질성을 영화가 어떻게 경험하는가의 질문이다. 영화사의 첫 번째 롱테이크 영화가 뤼미에르 형제의 영화라는 걸 잊으면 안 된다. 이때 롱테이크를 선택한 영화들은 세계에 대한 각자의 정의에 따른다. 위대한 이름들을 끝도 없이 열거할 수 있다. 장 르누아르, 미조구치 겐지, 오손 웰스, 두 편의 영화, 〈로프〉와 〈프렌지〉에서의 알프레드 히치콕, 막스 오퓔스, 얀초 미클로시, 테오 앙겔로폴로스, 안드레이 타르코프스키, 차이밍량, 홍상수…. 그들은 각자의 롱테이크 스타일을 갖는다. 그리고 그때 각자는 이미 상이한 방식으로 열린 세계 앞에서 아무리 그들이 그 안에서 존재하는 공동의 세계가 가능하다고 할지라도 세계에 대한 물음이 제기될 때 어떤 세계를 의미하고 있는가라는 질문 앞에 다시 서게 된다. 철학자들이 우리에게 가르쳐 주길, 세계는 실존론적인 규정이지만 그 안에서 살아가야 하는 영화는 그 안에서 구성적 계기의 구조를 찾아야 한다. 그렇지 않다면 영화는 그냥 세계의 무게 아래 부서질 것이다.

거기서 영화는 그 안에 있음, 이라는 문제에 처해 있을 뿐만 아니라 이해하고, 그런 다음 가치를 드러내기 위해 밝혀야 한다. 세계와 우리 사이에 놓여 있음은 그 자체로 있는가라는 질문에 대한 대답이다. 그러면 그다음 질문은 어떻게 있는가다. 그 질문 안에서 한 번 더 하는 질문. 롱테이크는 어떻게 보는가의 문제가 아니라 세계 안에 영화가 어떻게 머무는가의 질문이다. 벨라 타르는 바라보는 대신 견디고 있다. 시간의 무게, 세계라는 물질의 무게, 그걸 찍어야 하는 영화의 무게. 벨라 타르의 카메라가 이동할 때 거기서 중력의 무게를 느껴 볼 것이다.

아마 그래서일 것이다. 2부 세 번째 장 '다른 방향에서 본 광경' 마지막에 이르러 후커티가 여기까지 함께 온 다음 무리로부터 동떨어져서 혼자 떠나갈 때, 그때 카메라가 공중으로 올라가기 시작하면, 마치 순간적으로 그 영혼이 하늘로 떠나는 것처럼 보이는 것은 그저 착시만은 아닐 것이다. 그러므로 벨라 타르의 영화는, 여기서는 〈사탄탱고〉는, 영화가 경험하는 것을 경험하는 영화다. 개념을 집어치우고 당신을 세계의 물질 속으로 데려오겠다. 진흙탕 속에서 그 무거운 필름 카메라를 이동하기 위해 노동하는, (우리가 보고 있는) 장면 반대편을 상상해 주길 바란다. 영화는 어떻게 설명해도 결국은 기록하는 기계다. 여기서 기록되는 것은 노동이다. 이때 벨라 타르의 롱테이크는 그 시간 동안 사건이 없으며, 중심이 없으며, 단지 그 안에 머물면서 지속될 뿐이다. 이때 지속은 그들이 세계의 물질 안에 붙잡혀 있음을 확인하는 공포의 시간이기도 하다. 누군가는 이 소설이, 이 영화가, 〈사탄탱고〉가 폐소공포증의 묵시록이라고도 말했다. 벨라 타르가 정신분석에 관심이 없는 것은 분명하지만, 하지만, 거기에 꿈결 같다고 덧붙인다면 동의할 것이다. 세계라는 나쁜 꿈,

그러고 나면 마지막 장, 2부 첫 번째 장 '원이 닫히다'에 이를 것이다. 영화에서는 의사 선생이 술병을 사 들고 집에 귀가하는 것으로 시작한다. 소설에서는 이미 의사 선생은 늘 앉아 있는 자리, 창문 아래 자리한 책상, 크러스너호르커이가 '창문 감시대'라고 부른 자리에 앉아 있다. 몇 문장 더 앞에, 혹은 뒤에, 몇 장면 더 뒤에, 혹은 앞에는 자주 발견되는 것이니 그렇게 큰 차이는 아니다. 여기서는 반복이 문제가 될 것이다. 의사 선생은 책상에

앉아 마을 사람들에 관해 쓰려고 하는데 어디선가 종소리가 들린다. 곰곰 생각해보니 영화에서 한동안 종소리를 듣지 못했다. 아마 마을 사람들이 짐을 꾸려 이 동네를 떠나느라 부산을 떨었고, 그런 다음 이곳을 떠나 낯선 곳을 헤매느라고 신경 쓸 겨를이 없었던 것 같다. 하지만 지금 마을에는 아무도 보이지 않는다.

의사 선생은 종소리에 끌려 바깥으로 나간다. 소설에서는 몇 번을 다시 읽어도 의사 선생이 종소리를 향해 가고 있는 것인지, 반대로 종소리가 들리는 곳으로 오고 있는 것인지 분간할 수가 없다. 하지만 영화는 이 문제를 피할 수가 없다. 이쪽에서 찍는가, 저쪽에서 찍는가라는 문제. 의사 선생이 종소리를 향해서 가는 것이 아니라 종소리가 들리는 곳으로 의사 선생이 오고 있다. 의사 선생은 저 멀리서 이쪽을 향해 걸어온다. 그러는 동안 화면 이쪽에서, 그러니까 카메라가 서 있는 뒤편에서 종소리가 들린다. 그러자 의사 선생과 종소리의 관계가 결정된다. 의사 선생이 종소리를 찾아 나선 것이 아니라, 의사 선생을 종소리가 불러낸 것이다. 더 간단한 설명. 의사 선생에게 종소리가 대상이 아니라 종소리가 불러낸 의사 선생이 대상의 자리에 간다. 벌판에는 아무것도 보이지 않고, 주변을 둘러본 다음, 그런 다음(reverse_shot) 의사 선생을 따라(back_following_shot) 종소리가 들리는 교회로 향한다.

"호흐마이스의 허물어진 소성당이 눈에 들어왔을 때 그의 마음은 어린아이처럼 충만해졌다. (중략) 그는 몸을 숙이고 안으로 들어갔다. 그리고 어둠이 그를 에워쌌다. 성당의 의자들은 형체도 없이 부스러진 채 널려 있었고, 제단은 아예 흔적조차 없었다. 군데군데 패고 부스러진 돌바닥에는 잡초들이 자라고 있었다. 정문 근처에서 누군가 신음하는 듯한 소리가 들리기에 그는 급히 몸을 돌려 그쪽으로 가보았다. 그의 눈앞에 믿기 어려울 만큼 늙어 쭈글쭈글한 남자가 쪼그리고 앉아 두려움에 떨고 있었다. 자신이 발각된 것을 안 노인은 비명을 지르며 반대편 구석으로 기어서 도망쳤다."

벨라 타르는 이 광경을 다시 찍었다. 성당에 도착하니 한 사내, 어쩌면 노인이라고 불러야 할, 머리에 머리카락이 남아 있지 않은 한 남자가, 의사 선생이 여기에 온 것을 조금도 개의치 않고 교회에 매달려 있는 경쇠警磬

를 쇠막대로 두들기고 있다. 의사 선생이 종소리라고 생각했던 것은 경쇠를 두들기는 소리였다. 그러면서 마치 마을 사람들에게 도망가라고 알리듯이 "터키 놈들이 온다, 터키 놈들이 온다"라고 반복해서 외친다. 이 남자는 지금이 언제라고 생각하는 것일까? 오스만제국과 헝가리가 국경 분쟁을 일으키며 전쟁을 치렀던 17세기 그 어느 연도에 머물기라도 한 것처럼, 여기에 서서 경쇠를 두들기며 자기 임무를 수행하기라도 하듯이 그렇게 외치고 있다. 소설에서는 의사 선생이 사내에게 다그쳐 묻는다. "당신 누굽니까, 내 말 알아들어요? 당신, 누구냐고요, 여기서 뭐 하는 겁니까? 경찰에게 쫓기고 있소?" 영화에서는 의사 선생이 넋이 나간 듯이 이 사내가 하는 행동을 그저 쳐다보기만 한다. 그런 다음 집으로 도망치듯이 돌아온다.

나는 이 차이를 문학적인 비유로 읽는 대신, 다시 한번 역사의 간극에 선다. 무엇이 무엇을 폐제(forclusion)*했는가? 무엇이 무엇을 억압하고 있는가? 그 둘 사이에 계약

---

* 장 라플랑슈Jean Laplanche와 장 베르트랑 퐁탈리스Jean Bertrand Pontalis가 함께 쓴 《정신분석 사전》을 번역한 임진수는 폐제와 폐기, 두 번역어를 함께 제시하고 있다(《정신분석 사전》, 열린책들, 660~665쪽).

은 실패했고 그 안에서 역사의 경험으로 다시 쓰고 싶다. 그래야 마지막 대목을 설명할 수 있기 때문이다. 크러스너호르커이의 소설에서 의사 선생은 자책한다.

"용서할 수 없는 실수다. 나는 죽음의 종소리를 우렁찬 천국의 종소리와 혼동했다. 비천한 떠돌이! 어디선가 도망 온 미친 늙은이! 그리고 나는 바보였다!"

벌써 도착했다고 생각했는데, 이미 그래서 그 안에 머물고 있다고 믿었는데, 단지 약속이 미루어지고 있다고 여겼을 뿐인데, 우리는 잘못된 곳에 도착했구나. 하는 탄식이 여기에 있다. 그래서 유토피아의 약속이라고 믿었던 천국의 종소리, 단지 저 멀리 들려서 거기에 가볼 수 없었기 때문에 단지 확인하지 못했을 뿐인 그 종소리, 그러므로 언젠가는 가볼 수 있을 것이기 때문에 틀림없이 거기서 나를 기다리는 미래의 종소리라고 믿었던 내 기다림이 죽음의 종소리였다고 탄식하면서 "나는 바보였다"라고 자책한다.

벨라 타르는 그걸 모두 지워버렸다. 소설에서는 "병적이고 가소로운 환상에서 단박에 깨어났다. 천장 없는 종

탑에는 작은 종 하나가 들보에 매달려 있었"다. 영화에서는 그 종이 달린 자리에 경쇠가 매달려 있을 뿐이다. 그러니 거기에는 약속도 있을 리 없고, 그러므로 확인해야 할 것이 없으며, 그래서 확인하기 위해 여기에 와보았지만, 모두가 모두를, 모든 것이 모든 것을 쫓아낸 다음이다. 죽음의 종소리를 유토피아의 배신으로 듣는 사람과 사회주의의 종말로 듣는 사람 중에 누가 더 비참한 것일까? 죽음의 종소리가 미래의 죽음으로 들리는 사람과 자본주의의 도래로 들리는 사람 중에 누가 더 절망적인 상황에 던져진 것일까?

그래서 크러스너호르커이는 유토피아의 종말을 알리는 당신은 누구냐고 물어보았고, 왜냐하면 그가 잘못된 소식을 전할 수도 있으니까, 그런 다음 내 말을 알아듣느냐고 물어보았고, 왜냐하면 제발 내 질문이 틀린 질문이기를 기대하고 있기 때문에, 그래서 제발 그렇다고 대답해달라고 간청하는 것이며, 그런 다음 여기서 뭐 하는 것이냐고 물어보았고, 왜냐하면 여기서는 모두 그들 자신도 알지 못하는 미래의 그것을 기다리고 있기 때문에 그걸 망치려는 당신이 여기에 오면 안 된다고 쫓아내려는 것이다. 벨라 타르는 때가 늦었다고 여긴다. 이제 자신을 기만하는 시간은 끝났다. 왜냐하면 사회주의는 끝났고, 여기 자본주의가 이미 도착했기 때문이다. 소설에서는 의사 선생이 질문하지만, 영화에서는 성당을 지키던 사내가 경쇠를 두들기면서 "( ) 놈들이 온다, ( ) 놈들이 온다"라고 반복해서 외친다. 괄호에 들어갈 말. 제발 정신 차리세요, 아직도 꿈을 꾸고 있나요? ( ) 놈들이 오고 있어요. 소설에서는 잘못된 소식을 가져온 자를 쫓아내려고 애쓰지만, 영화에서는 아직도 정신 차리지 못한 자들을 쫓아내려고 이 사내가 도착했다.

의사 선생은 세상을 감시하는 창문에 못질을 한다. 검은 화면. "그는 종이가 찢어지지 않도록 조심스럽게 글을 쓰기 시작했다." 그다음 문장부터 독자들은 소설의 첫 문장으로 돌아왔음을 즉각 알아챌 것이다. 관객들은 소들이 이 축사에서 저 축사로 기나긴 이동을 한 다음 검은 화면이 밝아오면서 첫 대사의 낭송을 주의 깊게 들었거나 적어도 기억하고 있었던 이들만이 처음으로 되돌아왔다는 사실을 깨달았을 것이다. 독자와 관객의 거리. 이때 가장 따분한 설명은 마지막이 처음이며, 그래서 이 원의 구조는 닫힌 상태로 반복될 것이며, (더 따분한 설명은) 이 모든 이야기는 의사 선생의 머리 안에서 벌어진 이야기라고 단정 짓는 것이다. 물론 그렇게 하나의 세계가 완결될 수 있다. 내가 마지막 순간에 영화를 본 다음 소설을 읽으면서 아, 이제 영화를 두 번째 볼 차례가 되었구나라고 결심한 것은 그 정반대를 읽었기 때문이다. 2부 첫 번째 장 '원이 닫히다'는 그러므로 이 원을 부숴 버려야 한다는 명제다.

왜 첫 문장을 반복하는가? 마지막의 처음은 말할 필요도 없이 영원회귀다. 이때 영원회귀는 같은 것을 한 번 더 하는 것이 아니다. 그것이 영원회귀인 까닭은 동일한 것이 돌아오지 못하게 하기 위함이다. 그러므로 영원회귀 안의 반복은 파괴다. 왜 파괴하는가? 다음 한 번은 지난 한 번을 잘하기 위해서다. 더 잘하기 위해서다. 누가 한 말인가? 미친 프리드리히 니체. 미친 영웅이 아니면 망친 것을 더 잘하기 위해 누가 다시 하겠는가?

크러스너호르커이 라슬로가 시나리오를 쓰고 벨라 타르가 연출한 마지막 영화는 〈토리노의 말〉이다. 1889년 1월 3일 니체는 토리노의 카를로 알베르토 광장에서 한 마부가 자신의 말에 채찍질하는 것을 바라보고 달려가서 말의 목에 매달려 울었다. 세계의 종말. 정신의 종말. 주변에서는 모두 〈사탄탱고〉를 본 다음 절망을 보았다고 말한다. 크러스너호르커이 라슬로를 읽은 다음 환멸을 보았다고 말한다. 나는 희망을 본다. 이번에는 더 잘하겠다는 의지의 희망, 이번에는 승리하겠다는 두 번째 긍정의 내기.

KRASZNAHORKA

이토록 망해버린 세계에서

크러스너호르커이 라슬로의 문학 세계

장은수

KRASZNAHORKA

이토록 망해버린 세계에서

크러스너호르커이 라슬로의 문학 세계

LASZLO

읽기 중독자. 편집문화실험실 대표.

서울대학교 국어국문학과를 졸업했으며, 민음사에서 오랫동안 책을 만들고, 대표이사를 역임했다. 주로 읽기와 쓰기, 출판과 미디어 등에 대한 생각의 도구들을 개발하는 일을 한다. 저서로 《읽다, 일하다, 사랑하다》《출판의 미래》《같이 읽고 함께 살다》 등이 있으며, 《도서관의 역사》《기억 전달자》《고릴라》 등을 옮겼다.

KRASZNAHORKA

"파멸의 공포 속에서 예술의 힘을 다시 일깨우는 강렬하고 비전적인 작품."

헝가리 작가 크러스너호르커이 라슬로가 2025년 노벨문학상에 선정된 이유다. 그의 작품에서 파멸은 세 층으로 이루어져 있다. 그의 인물들이 겪고 있는 헝가리 사회주의 사회의 파멸, 그 사회를 둘러싼 서구 문명 전체에 임박한 파멸, 시간의 끝에서 맞이할 우주 자체의 엔트로피적 파멸이다. 생명이 파멸을 생생한 현재이자 다가올 미래로 품고 있을 때, 우린 그것을 '종말'이라고 부른다. 한 인터뷰에서 크러스너호르커이는 말한다.

"종말이 오기를 기대하기보다, 우리가 이미 그 안에 살고 있다는 사실을 이해해야 한다. 종말은 이미 시작됐다. 평범한 한 남성이 아내에게 저녁을 사 오라고 부탁한 후, 안락의자에 앉아 '세기의 축구 경기'를 시청한다. 그런데 으르렁거리는 괴물이 벌써 창문으로 엿보고 있다. 그리고 이건 첫 번째 괴물일 뿐이다. 곧 무리가 몰려올 것이다."

우리의 어느 평범한 하루, 어느 일상, 그러니까 안락의자에 앉아 느긋하게 축구 경기를 시청하는 이 순간에 이미 파멸의 괴물이 창 너머에서 우리를 엿보면서 으르렁대고 있다. 곧이어 괴물들이 떼 지어 몰려올 테고, 우리는 미처 손쓸 틈도 없이 휩쓸리고 또 물어뜯겨 삼켜질 것이다. 《라스트 울프》에 실린 단편 〈헤르먼_사냥터 관리인〉에서 그는 분명히 진행 중이고 곧바로 닥쳐올 이 파멸을 "차분하게 모든 것을 지워버리는 힘"이라고 정의한다. 그 파멸은 "어떤 질주로도 맞먹지" 못하는 "지옥의 속도를 내는 내리막"이고, "오랫동안 보류하던 최종 심판"이다.

이렇게 급전직하하는 문명에서 인류는 "오직 자신의 발만을 제동장치 삼아 가파른 길을 패대기치듯 굴러 내려가는" 중이다. 여기선 어떤 몸부림도 "저항… 가망 없는… 저항"일 뿐이다. 그 끝에 "형언할 수 없는 기쁨" 또는 "은혜의 징후" 같은 건 없다. 인류는 이미 끝장났다. 어떤 치유도, 아무런 구원도 없다. 남은 건 "질긴 괴물", 벌써 "구멍이 숭숭 뚫리고 뚫린 시체"로 변했으나, 자신이 죽은 줄도 모른 채 오로지 "빗발치는 탄환"의 힘으로 "공중에 버티고 있"는 존재뿐이다. 그래서 크러스너호르커이는 '노벨문학상 수상 연설'을 '바닥난 희망'을 이야기하면서 입을 떼었고, 희망이 (아마도 절대로) '있을 수 없음'을 말하면서 입을 닫았다. 이런 극단적 비관주의는 인식이자 경고이고, 새로운 삶의 스타일의 탐구이자 선언이다.

2

크러스너호르커이는 1985년 《사탄탱고》로 데뷔했다. 이 무렵, 제2차 세계대전 이후 헝가리를 지배하던 사회주의 체제는 끝자락에 이르렀다. 급등하는 물가로 상점은 비어가고 사람들의 삶이 나날이 피폐해지는 가운데, 경제는 완전히 붕괴하고 국가 전체가 파산 상태에 처했다. 사람들은 어찌할 바를 모르고 무기력한 체념에 빠져

들었고, 어둡고 우울하며 절망적인 날이 이어졌다. 크러스너호르커이의 모든 작품엔 이 시기에 그가 겪었던 원형적 종말 체험이 배어들고, 퍼져가고, 심화하는 과정이 담겨 있다.

데뷔작이자 출세작인 《사탄탱고》는 이 시대 헝가리 사람들의 음울한 현실을 포착한 수작이다. 작가는 극도로 섬세한 심리적 리얼리즘 기법을 통해 한 체제의 느린 몰락을 사람들이 어떻게 겪어내는지 생생히 기록하고, 더 나아가 카프카처럼 이를 문명 전체의 종말에 대한 보편적 알레고리로 확장했다. 서른한 살, 헝가리 문학의 미래를 떠받칠 젊은 천재의 출현이었다.

"조용히 비가 내리고 진창길 위로 비통한 바람이 불었건만, 그 스침은 너무나 미약하여 간밤에 결빙되어 고요히 죽어 있는 표면을 조금도 흩뜨리지 못했다. 길은 어제처럼 반반하게 빛나지 않고 동쪽에서 비쳐오기 시작한 여명을 흡수하여 삼켜버렸다. (중략) 마치 어둠의 은밀한 전령이, 이어지는 밤에도 몰락의 작업이 계속될 수 있도록 표시를 해놓은 것처럼." _《사탄탱고》

한없이 내리는 비, 물러져 더 이상 신체를 지탱하지 못하고 흔들리는 대지, 얼어붙어 사람들을 움츠러들게 하고 조금씩 죽음으로 끌어들이는 길, 어둠의 은밀한 전령이 사람들을 악몽 속에서 소스라치게 하는 밤, 교회도 없는데 불쑥불쑥 들려오는 종소리, 마을 곳곳을 뒤덮어 활기를 앗아가는 거미줄 등은 헝가리 한 지방의 몰락한 집단농장 마을의 풍경이다. 그러나 동시에 사방을 아무리 돌아봐도 한 치의 빛을 찾을 수 없는, 좌절하고 절망한 모든 인간의 내적 풍경이기도 하다. 이것이 곧 종말을 산다는 것이다. 크러스너호르커이에 따르면, 한때 헝가리 인민들이 살았던 이 삶을 점차 모든 인류가 겪을 것이었다.

〈헤르먼_사냥터 관리인〉이 처음 발표된 건 1986년이다. 작가의 초기작으로, 《은혜의 관계: 죽음의 단편들》이라는 단편집에 실려 있다. 매력적인 이 작품은 《사탄탱고》에서 작가가 펼쳐낸 치밀하고 복잡하며 방대한 세계를 압축해놓아서 그의 문학 세계로 들어가는 작은 발판처럼 읽힌다.

주인공 헤르먼은 덫 사냥꾼, 마을의 위임을 받아 어두운 숲속에서 번성 중인 해롭고 위험한 짐승을 제거하는 임무를 맡고 있다. 이 숲은 몰락하며 기울어가던 당대 헝가리 사회주의 사회, 더 나아가 파멸 위기를 맞은 서구 문명의 어둠을 상징한다. 그 위험을 알면서도 수십 년간 외면한 채 버려두었기에, 이 숲은 끝내 "통제할 수 없고 뚫고 들어갈 수도 없는 정글, 통행 불가의 원시림이 되었다."

사람들이 그 심각성을 눈치챌 때쯤엔 "벗어놓은 벌거숭이처럼 무법천지 제멋대로 자라서 해로운 포식 동물들이 믿을 수 없이 번창한 뒤"였다. 아무도 숲속으로 발을 디딜 수 없을 뿐 아니라, 서서히 위험이 번져 마을 전체를 위협할 지경에 이르렀다. 이것이 현재 우리 문명의 상태다. 근대 문명의 어둠을 방치하고 무시한 끝에 마침내 파멸의 그림자가 어른거리고, 상황이 걷잡을 수 없게 느껴지지 않는가. 벌어진 불평등은 도무지 좁힐 길을 알 수 없고, 아슬아슬한 평화는 무너져 영구 분쟁 상태에 돌입했으며, 인류 번영의 든든한 토대였던 지구 기후는 온난화로 인해 상시적 재앙을 일으키고 있다.

숲의 문제를 해결하기 위해 마을은 덫 사냥꾼 헤르먼을 투입한다. 그는 "한도 끝도 없는 인내심과 꿈쩍 않는 업무 윤리"를 갖춘 인물로, 완벽을 지향하는 이성주의자다. 일을 맡자마자 그는 "야생동물 떼의 수량, 유익

LASZLO

한 사냥거리와 해로운 맹수들의 규모를 가늠"하고, "동물들이 자주 다니는 길의 체계를 점검"하며, "대체용 샛길, 쉬고 잠자는 은신처들을 조사"한 후 덫을 놓아 야수들을 사냥하기 시작한다. 이는 인류가 문제를 해결해온 전형적 방식이다. 측정하고 최적의 방법을 찾아 가장 효율적으로 그 문제를 꼭 찍어서 제거할 것. 생태계 전체를 생각지 않는 이 무자비함은 분명히 다른 문제를 낳을 테지만, 보고된 '데이터'만 놓고 보면 그 성과가 뛰어나다. "해로운 포식 동물의 개체 수는 최소한으로 감소하였으며, 한편 유용한 사냥 동물의 수는 축적되어 뚜렷한 증가를 보였다."

그러나 '보고서'에 기록된 눈부신 성과는 단지 숫자가 아니다. 숱한 생명들의 속절없는 죽음을, 그 목숨을 끊은 살해자의 피 묻은 손을 뜻한다. 문제가 해결되자마자 그들의 사체를 던져 넣은 구덩이가 이번엔 악몽의 늪이 되어 서서히 사냥꾼의 내면을 잠식한다. "그 구덩이에 다가가면, 그는 뭔가 흉측하게 꾸물거리는 걸 깨닫고… 철퍼덕대고, 미끄러지는 소리, 부글거리고 찢기는 무시무시하고 속 울렁거리는 소리를 듣는다." 사체의 늪은 화려한 숫자 아래 가려진 인류 문명의 진창이고, 내리는 죽음의 빗속에서 서서히 물러지고 또 차올라서, 한없이 전진하려는 우리의 발목을 잡아채는 종말의 진흙탕이다.

작가에 따르면, 지극히 합리적이고 분명한 성과로 가득한 우리 문명의 보고서는 사실은 온통 거짓으로 넘쳐날 뿐이다. 마치 사회주의 사회의 온갖 집단농장 보고서가 그랬듯이, 의사는 죄책감에 괴로워하는 헤르먼의 신체가 "완벽하게 정상적으로 작동 중"이라고, 아파하고 두려워하는 그 마음이 좀처럼 볼 수 없을 만큼 튼튼하고 "완벽한 강철 심장"이라고 진단한다. 그러나 이런 진단은 그의 마음을 파고드는 절망과 공포, 영혼을 뒤흔드는 불안과 괴로움을 전혀 막아주지 못한다. 자신이 만든 진창, 문명의 시체를 양분 삼아 자란 "거대한 지옥의 뱀 같은 넝쿨"이 숲 전체를 뒤덮으며 "발작적인 인간의 의지를 조롱"한다. 헤르먼은 이에 잠식되어 서서히 광기에 빠져든다.

합리적 이성의 결괏값이 걷잡을 수 없는 광기라는 것! 이것이 근대의 종말이다. 멀쩡한 정신, 즉 "복잡하고 모르는 것"을 "용감무쌍한 단순성으로" 정리하려 드는 인간, "결단력, 투지력과 질서를 향한 진지한 애착"으로 무장한 견고한 인간 정신이 이룩한 문명의 종언이다. 헤르먼은 불현듯 깨닫는다.

"그는 마침내 그의 삶을, 아주 깊디깊은 무지에 푹 잠겨, 쥐락펴락 남들 휘두르는 대로 마냥 복종하고 살아왔구나, (중략) 그렇게 세상이 해로운 세상과 유익한 세상으로 나뉜다고 굳게 믿으며 살았구나, 알아차렸다. 하지만 실제 양쪽 카테고리가 다 똑같이 극악무도하고 무자비한 참학慘虐에서 기원한 것을, 둘 다 깊은 곳에 지옥의 빛이 도사린 것을, (중략) 저릿하게 깨달았다. 그 모든 것은 그저 저 아래 온통 꿈틀대는 '핏빛 혼돈에 뒤엉킨 대중'을 가리는 투명한 막에 지나지 않았다."〈헤르먼_사냥터 관리인〉

그러나 헤르먼은 덫 놓아 사냥하는 행동을 조금도 바꾸지 못한다. 모든 게 이미, 너무, 한참 늦었다. 오히려 그는 한발 더 나아가 "회한으로 가득 찼지만, 또한 섬뜩한 불굴의 고집 같은, 무지한 채로 범한 죄의 죄책감에 뒤따르는, 오도된 이의 사정없는 냉혹함"에 사로잡힌다. 마치 파시스트들이 그러했듯이, "인간의 계산을 넘는 더 높은 법칙이 있어야만 한다고 믿"고, 쌓였던 원한을 풀기 위해 덫을 놓아 마을 사람들을 사냥하기 시작하여 마침내 자신마저 그 덫에 빠진다. 그 결과는 속절없는 파멸이다. 종말 외에는 어떠한 구원도, 아무런 희망도 없다.

이 작품은 세상 모든 만물을 해로운 것과 유익한 것으로 나누고는 유익한 것만 남기려는 계산적 이성이 작동하면 어떤 결과를 가져오는지를 경고한다. 작가가 "질서에 대한 애착"이라고 부르는 욕망의 작동, 인간의 이익만을 기준 삼아 세계의 질서를 잡으려는 서구적 이성의 뒤에는 해롭다고 판별된 생명의 사체가 쌓이고, 그 피가 우리가 딛고 선 대지를 녹여 진창을 이루는 "극악무도하고 무자비한 참학", 그러니까 지옥이 열려 있다.

끝없는 진보와 유토피아를 약속하는 계몽 이성이 곧 끔찍한 폭력이자, 무참한 종말을 앞당기는 촉매다. 크러스너호르커이는 이로부터 사냥하는 이성, 그러니까 근대 서구 문명의 종말을 냉정하게 선언한다. 그건 처음엔 동물을 사냥했지만, 다음엔 인간을 사냥할 것이고, 마지막엔 자신마저 사냥할 것이다. 인간 이성, 그 예측하고 계획하는 이성은 더 이상 아무 문제도 해결하지 못한다. 합리적인 인간이 애쓰고 몸부림칠수록 오히려 종말의 기울기는 커질 뿐이다. 우리에겐 '다른 길'이, 합리적 희망보다 예술적 절망에 내기를 거는 모험이 필요하다.

3

1949년 사회주의 체제를 받아들인 이래, 헝가리는 오랫동안 정치적 자유가 억압당하고 감시가 일상화한 사회였다. 1968년 '프라하의 봄'이 진압되면서 억압은 한층 커지고 탄압은 극심해졌다. 수시로 검열이 이어지고, 작품이 금지되며, 작가들이 감옥에 가거나 직장에서 쫓겨났다. 이러한 현실에서 헝가리 작가들은 억압적 현실에 대한 직접적 비판 대신, 문체적 저항, 즉 현실을 틀어쥔 채 희망과 약속의 언어로 인민을 기만하는 사회주의 서사에 대한 해체와 비판을 시도해왔다.

사회주의란 무엇인가? 정치적으로는 공산당 1당 독재, 경제적으로는 집단농장으로 상징되는 사회주의 계획경제다. 하지만 서사의 차원에서 보면, 사회주의는 예언 서사를 바탕으로 작동하는 체제다. 언젠가 모든 사람이 평등하게 잘사는 세계, 유토피아가 도래하리라는 미래의 희망이 약속되고, 그 약속의 힘이 지금 여기의 끔찍하고 무시무시한 고통과 교환된다. 마치 기독교도가 최후의 날에 도래할 천국을 위해 지푸라기 같은 목숨을 기꺼이 내던져 현세의 고난을 축복으로 견디듯, 이 서사 역시 그렇게 작동된다.

《사탄탱고》에서 크러스너호르커이는 거짓 예언자인 이리미아시라는 인물을 통해 조악한 구원 서사를 비틀어 작동을 멈추고 그 구조를 폭로함으로써 체제에 저항한다. "이리미아시는, 위대한 마법사라네. 마음만 먹으면 소똥으로 성을 지을 수도 있지." 그러나 작품에서 이런 구원 서사, 즉 소똥으로 성을 짓는 기적은 결국 사람들을 속이고, 더 깊은 절망으로 몰아가며, 파멸을 앞당길 뿐이다.

작품은 위대한 마법사 이리미아시가 사실 사회주의 체제에 기생하는 비밀 첩자에 불과함을, 체제에 유린당한 채 몰락한 집단농장에서 넋 놓고 살아가는 마을 사람을 속여넘겨 마지막 희망마저 갈취하는 사기꾼에 지나지 않음을 보여준다. 작가는 약속된 유토피아란 환상에 불과하다고 경고한다. "천국? 지옥? 피안? 다 헛소리야. 그렇게 환상에 마음을 빼앗기면 진실은 영영 알 수 없는 법이야." 더 나아가 작가는 예언적 기만으로 이루어진 한 체제의 종말을 한 문명의 종말이자 우주적 종말의 춤으로 확장한다.

"연속적인 시간에서 빠져나온 자신이 점처럼 왜소한 존재에 불과하다는 걸 자각했다. 자신이 지각의 요동에 무방비하게 방치된 무력한 희생자처럼 느껴졌다. 그의 출생부터 죽음까지의 시간이 가라앉은 대양과 솟아나는 산악의 말 없는 투쟁 사이에 내맡겨진 것이었다."《사탄탱고》

지구 자체의 요동, 무정하고 무심한 지각의 움직임 속에서 한 인간, 한 사회, 한 문명의 시간은 한낱 꿈에 지나지 않는다. 따라서 어떤 희망도, 조금의 구원도 존재하지 않는다. 그저 진창에 빠져 허우적대는 인간 군상의 헛된 몸부림만이 있을 뿐이다. 탱고라는 춤이 여섯 걸음 앞으로 갔다가 여섯 걸음 뒤로 돌아오듯, 그 열정적 리듬과 꿈틀대는 육체는 우주의 운행에 아무것도 남기지 못한다.

이는 인간에게는 절망의 수용과 고통의 각성을 뜻한다. 덫 사냥꾼 헤르먼이 공포로 숨을 헐떡이고, 겁에 질려 "어둠 속을 뚫어지게 응시"하며, "땀으로 범벅되어 벌떡 잠에서 깨어나"듯, 끔찍하고 무서운 현실을 받아들이도록 만든다. 인간은 이미 망했다. 이 종말엔 어떤 화해도, 한 줄기 가망도 있을 수 없다. 우리가 할 수 있는 일이라곤 기껏해야 헤르먼처럼 "단박 치뜨는 불길한 예감에 쫓겨서 끙끙"대는 것뿐이다. 문을 닫아걸고 칩거해도 소용없고, "술에 곤드레만드레 취해도 아주 헛일"이 된다. 크러스너호르커이는 그의 작품에 숱하게 등장하는 술꾼들, 좌절하고 절망한 인간들을 조금도 구원하지 않는다. 《사탄탱고》의 결말처럼, 또 다른 황무지로 데려가서 내팽개칠 뿐이다.

희망은 어디에도 없다. 아직 끝이 오지 않았기에 무한히 이어지는 고통이 있을 뿐이다. 따라서 우리는 고통의 현실주의를, 거짓에 빠지거나 헛된 기대에 굴복하지 않은 채 고통의 영원한 거미줄에 사로잡힌 삶을 사랑하는 법을 익혀야 한다. 이로써 크러스너호르커이는 종교적 묵시록을 전복하는 세속적 묵시록을 선언한다.

4

☾

《사탄탱고》의 이리미아시는 《구약성서》의 예언자 예레미아의 헝가리식 이름이다. 유대 민족의 지도자인 예레미아가 예루살렘의 파멸을 예언하면서 인민의 각성을 촉구한 것과 달리, 경찰 정보원이자 사기꾼인 이리미아시는 사회주의의 파멸이라는 재앙적 현실 앞에 갈팡질팡하는 사람들의 절망과 욕망을 이용해 전 재산을 갈취하고는 그들을 무자비한 멸망으로 이끌 뿐이다.

"에슈티케의 죽음은 우리를 향한 벌이자 경고였으며, 그 아이는 우리를 위한 희생자였으니까요. 현재보다 합당한 여러분의 미래를 위한 희생자였으니까요." 죄책감을 자극하고, 마음을 뒤흔들며, 희망을 불어넣는 매혹적 언어로 이리미아시는 사람들을 홀린다. 그의 연설은 전형적 사회주의 서사, 즉 현재를 희생하여 미래를 사는 형식으로 이루어져 있다. 이리미아시는 교묘하게 "현재보다 합당한 미래"라는 말로 얼버무리면서 몰락한 마을을 구할 방안을 내놓는다.

실제로 이리미아시가 노리는 건, 마을 사람들이 품삯으로 받아둔 돈이다. 일자리를 찾으려면 돈이 필요하다고 그가 슬쩍 말을 흘리자, 사람들은 전 재산을 내기 걸듯 그의 약속에 던진다. 가만히 들여다보면 아무 보증도 없고, 구체적 내용도 없는 허깨비 같은 약속이다. 사람들이 이 헛되고 공허한 약속에 속아 넘어가는 것은 오랜 절망 때문이다. "불행은 너무나 오랫동안 그들을 비껴가는 법이 없었기에 맹목적 희망 자체가 그 어떤 가능성보다 더 값지다고 생각했다."

마을 사람들은 답답해서 무어라도 하고는 싶은데 할 수 있는 일이 떠오르지 않아, 술에 곤드레만드레 취하는 것 말고는 무엇도 하지 못하는 무기력에 붙들려 있다. 이는 권위주의 체제에 길들어 스스로는 미래를 개척하지 못하고 손쉬운 희망에 의지해 인생을 외주화하고 싶어 하는 인간 존재의 취약함을 드러낸다. 내 몸과 내 생각으로, 내가 타자와 함께 어울려서 살아야 삶은 내 삶이 된다. 이것이 행복의 최소 조건이다. 그러나 전체주의는 대중을 동원한다. 약속의 깃발로 참혹한 현실을 은폐하고, 지연되는 희망으로 무기력한 대중을 기만한다. 그래서 작가는 말한다. "희망은 곧 기만이다."

작가는 묵시록의 구조를 차용해 전체주의의 약속을 전복한다. 이리미아시는 예언자 모세의 이집트 탈출을 흉내 내지만, 마을 사람들이 도착한 곳은 모두 함께 어우러져 젖과 꿀을 만끽하는 약속의 땅이 아니라 각자 뿔뿔이 흩어져 내던져지는 황무지뿐이다. 이제 그들은 먼지를 뒤집어쓰고 흙을 먹으면서 남은 삶을 살아가야 할 것이다.

본래 묵시apocalypse란 '덮개를 걷어내다, 감추어진 것을 드러내다, 신의 뜻이 밝혀지다'라는 뜻이다. 그렇기에 파국이나 종말 자체는 서사에서 별로 중요하지 않다. 아무리 혼란하고 끔찍해도 그 끝에 기어이 신의 뜻 또는 우주적 질서가 드러나는 재생의 순간이 찾아온다면, 순간의 고통쯤은 얼마든지 견딜 수 있다. 이런 구조에선 기독교와 사회주의가 동격이다. 나날이 나아지는 역사를 이유로 현재를 인내할 것을 요구하는 계몽주의나 자본주의도 별다르지 않다. 천국에 보물을 쌓기 위해 현세의 금욕을 감내하는 프로테스탄티즘 윤리도 이와 나란히 놓인다. 이 모든 것이 서양 근대 문명의 기본 서사 형식을 이룬다.

크러스너호르커이는 《사탄탱고》에서 고통의 폐쇄회로, "시간마저 얼어붙은 영원한 진창"에서 사람들에게 탱고를 추게 함으로써 역사의 진보를 믿었던 근대 문명을 전면적으로 부정한다. 인간의 삶은 합당한 미래, 즉 유토피아를 향해 나아가는 과정이 아니라 제자리걸음을 반복하는 '악마의 춤'에 갇혀 있다. 탱고의 리듬처럼 전진과 후퇴를 반복하고 열광과 광기와 폭력을 분출하지만, 그들의 삶은 결국 제자리를 맴돌 뿐이다.

이는 카프카적 전통의 계승이자 심화다. 카프카의 세계는 여전히 유대적 세계, 즉 가족과 법과 질서를 견고하게 유지하고 있다. 카프카의 절망은 구원이 있다는 것은 분명히 알지만, 그에 접근할 수 없다는 사실에서 비롯한다. 중산층 가족이 행복을 누리는 아늑한 거실을 끝없이 엿보고 그곳으로 기어 나오려는 벌레처럼, 합당한 이유를 들으면 분명히 무죄를 내려줄 법원을 찾아 진실을 해명하려 하는 K처럼, 카프카의 주인공은 구원의 존재를 믿고 이를 위해 복무하며 인생 전체를 던져 그 가능성을 시험한다.

그러나 크러스너호르커이의 세계는 질서 자체가 무너져 내린 세계, 즉 진흙탕이다. 그것은 거미줄에 매달린 채 한없이 제자리에 붙박여 있다. 움직이려 해도 움직일 수 없고, 나아가려 해도 도무지 나아갈 수 없다. 무력히 옴짝달싹할 수 없는 상황에서 인생이 속절없이 이어진다. 이로써 종말은 임박한 미래 또는 언젠가 찾아올 미래의 사건이 아니라, 현재 진행 중인 위기로 변한다. 작가는 끝없이 내리는 비, 진창으로 변한 대지, 무기력과 타락 속에서 썩어 문드러지는 마을 풍경을 통해 이를 독자의 마음에 새겨넣는다.

종말은 피할 수 없다. 구원은 삶이 어떤 내용을 갖느냐, 즉 어떤 행위나 실천을 통해 어떠한 삶을 이루느냐에는 존재하지 않는다. 차라리 구원은 삶이 어떤 형식을 갖추느냐, 즉 진행 중인 종말을 정직하게 응시하고 수용하면서 삶의 순간순간을 어떻게 그로부터 탈주시키느냐에 달려 있다. 크러스너호르커이는 예술적 존재론에서, 실존의 미학을 통해서 그 가능성을 탐구한다. 작가는 말한다. "지옥 같은 현실의 폐쇄회로에서 탈출할 수 있는 유일한 통로는 미적 숭고함에 대한 일시적 응시뿐이다." 여기서 핵심은 '일시적'이다. 파멸은 막을 수 없고 종말은 정해져 있으나, 우리는 숨 막히는 이 세계에서 잠시 종말의 바깥을 엿보고 그 성스러움을 맛볼 수 있다.

3

크러스너호르커이는 질주하는 문명의 몰락을 만연의 문체로 기록한다. 그의 작품들은 지독하리만큼 문장이 끊이지 않고, 쉼표가 한없이 이어진다. 죽음에 가까운 인간이 힘겹게 헐떡이면서 숨을 이어가듯, 그의 문장은 작품이 끝날 때까지 마침표를 최대한 허락지 않는다. 한 문단이 한 문장인 경우는 흔하고, 한 사건이 한 문장인 경우도 많으며, 한 작품이 한 문장인 경우도 있다. 크러스너호르커이는 말한다. "마침표는 신에게나 속한 것이다."

공포의 집에 갇혀 불안에 질식당한 이들이 끝없이 말을 이어가듯, 단어와 단어를 연결해가면서 작가는 세계의 부조리와 인간의 연약함이 공존하는 무서운 세계를 느리게 탐구해간다. 쉼표는 종말의 세계에서 인간들이 겪고 있는, 끝나지 않는 고통의 표현인 동시에 붕괴하는 세계를 필사적으로 붙잡아두려는 언어적 안간힘이다. 〈예일 리뷰〉는 말한다. "크러스너호르커이 라슬로의 작품은 결국 '존재의 견딜 수 없음'과 '그런데도 계속되는 삶'이라는 거대한 주제를 변주하는 하나의 기나긴 교향곡이다."

작가는 인위적 문장부호로 인간 삶과 의식의 연속성, 이 세계의 면면부절한 흐름을 절단하길 거부한다. 하나의 세계를 끝내고 새로운 세계를 여는 건 신의 일이다. 인간은 그저 주어진 세계 안에서 계속해서 살아갈 뿐이다. 그래서 작가는 말한다. "인간은 마침표가 아니라 쉼표로 말한다." 삶에는 순간 멈춤은 있어도 끝은 없다. 그는 마침표 찍기를 거부함으로써 종결을 거부하고, 종말을 연장하며, 재앙적 파멸의 도래를 늦추는 서사 전략을 구사한다. 마치 사뮈엘 베케트가 고도를 무한히 다시 기다리듯, 라슬로는 마침표를 사용하지 않고 문장을 종결시키지 않음으로써 이 끔찍한 폭력의 세계에서 작은 여지(아직 끝나지 않았음)를 남겨둔다.

이는 극도로 아름다운 절망의 미학이다. 쥐어짠 희망이나 가벼운 치유로 미래를 헛되이 기대하는 대신, 현재에 끝없이 매달리고, 아무 희망 없이 그저 버티고, 그로써 파멸을 뒤로 미룬 것이다. 이야기가 계속되는 동안, 그러니까 내가 문장을, 단어를 종결시키지 않고 끝없이 이어가는 동안은 종말은 도래하지 않는다. 카프카가 '시도하기'라는 실존의 미학을, 베케트가 '기다리기'라는 실존의 미학을 알려주었다면, 라슬로는 '이어가기'라는 실존의 미학이 있음을 알려준다. 이를 가능하게 한 건 헝가리어 자체의 특성이기도 하다.

모든 문학은 모어의 현실을 계승하고, 그 가능성을 확장한다. 숱하게 쉼표가 찍히면서 문장이 이어지는데도, 의외로 크러스너호르커이의 문장은 맥락을 잃지 않고 논리적 정합성을 유지하며 끈질기게 의미를 끌고 간다. 이는 헝가리어의 교착성과 유연한 어순 덕분이다. 작가는 말한다. "내 문장은 헝가리어의 유연한 문법 구조에 의존하고 있다."

다른 유럽어들이 영어와 마찬가지로 주어와 서술어를 가까이 두는 데 비해, 헝가리어는 주어와 서술어 사이에 부사절, 삽입구, 수식어를 층층이 쌓아도 의미를 전달하는 데 별 지장이 없다. 화자가 강조하고 싶은 정보를 서술어 앞에 두는 것으로 전하고 싶은 뜻을 충분히 명확히 할 수 있는 까닭이다. 작가는 헝가리어의 이러한 가능성을 극한으로 활용한다. 단어를 한없이 늘어놓고 문장을 끝없이 쌓아 올림으로써 사건의 끝을 무한히 지연시키고, 그로써 진행 중인 종말의 세계, 그 안에 갇힌 인간의 마음을 실체화한다.

영국 문학 평론가 제임스 우드는 이런 만연의 문체를 "스스로를 수정하며 나아가지만 절대로 정답에 도달하지 못하는 정신의 셔플"이라고 불렀다. 문장이 끝나지 않음으로써 독자는 카타르시스나 해결을 경험하지 못한 채 작품 속 인물들과 마찬가지로 계속되는 쇠락과 붕괴의 과정에 갇혀버린다. 만연체 속에서 길을 잃는 경험 자체가 독자의 삶 속에서 진행 중인 종말을 체험하는 일종의 사건이 된다. 작가는 독자를 출구 없는 텍스트의 감옥에 가둠으로써 종말이 일회적 사건이 아니라 지속되는 상태임을 알려주고, 소설 속 인물들이 겪는 희망 없는 절망, 닫힌 세계의 폐색감을 독서 경험으로 전이한다.

아울러 만연의 문체는 극한의 인내와 집중을 요구하므로, 쉬운 구원, 싸구려 예언의 서사에 중독되기 쉬운 무기력한 인간을 강제로 각성시킨다. 오늘날 얼마나 많은 '대박 서사'가 횡행하는가? 이들은 모두 이리미아시처럼 '인생 역전'을 퍼뜨리면서 '영끌'을 부추긴다. 작가는 "미친 듯이 길고, 절망적으로 아름다운 문장"의 힘으로 적그리스도 서사, 즉 카리스마 메시아 서사를 교란하고, 독자가 희망의 출구에 쉽게 도달하는 것을 방해한다. 이리미아시가 보여주듯, 빤한 희망의 실체는 더 깊은 절망의 다른 얼굴인 까닭이다.

문장 속에서 길을 잃음으로써 독자들은 자동화된 사고를 멈추고, 텍스트가 구축하는 세계의 질감을 온몸으로 느낀다. 한없이 의미가 지연되는 문장의 미로 속에서 헤매면서 스스로 출구로 향하는 모험에 빠져든다. 이것은 인생의 알레고리이기도 하다. 삶의 의미란 체화의 형태로만 존재한다. 그것은 바깥에서 주어지는 게 아니라 자신이 방황하면서 힘겹게 찾을 때만 손에 쥘 수 있다.

예술은 완전히 망해버린 세계, 답답함이 가시지 않는 세계에서 한순간 반짝이는 의미를 손에 쥐는 법을 알려준다. 크러스너호르커이는 말한다. "예술의 역할은 세계를 구원하는 게 아니다. 예술은 세계를 기억하고 기록하는 일을 한다." 종말을 향해 치닫는 세상에서 인류가 언어와 예술을 통해 여전히 그 종말을 기록하고, 이 부조리한 세계의 아름다움과 슬픔을 지켜보고, 또 지켜낼 수 있음을 보여준다.

2

《저항의 멜랑콜리》는 인간 이성의 한계를 조소하는 거대한 부조리극을 연출한다. 《사탄탱고》와 마찬가지로, 이 작품은 무기력과 절망에 빠진 헝가리의 한 소도시를 배경으로 한다. 이 외딴 도시에 유랑 서커스단이 거대한 고래 사체를 싣고 들어서면서 일어나는 혼란을 그려냄으로써 작가는 세계의 질서가 얼마나 취약한지, 문명의 밑엔 얼마나 거대한 야만과 혼돈이 입을 벌리고 있는지를 경고한다.

작품 속 거대한 고래는 신이 떠나버린 세계에 남은 거대한 사체, 즉 압도적 무의미를 상징한다. 이는《구약성서》에 나오는 '요나의 고래'의 현대적 재현이다. 하지만 두려움에 빠진 인간을 신의 길로 이끄는 요나의 고래와 달리, 신적인 성격을 완전히 거세당한 채 거대한 고깃덩어리로 전락했다. 그저 그 썩어가는 거대한 몸체 자체가 종말을 떠올리게 하고 공포를 자극함으로써 끔찍한 파괴와 폭동의 구실을 제공할 뿐이다.

"아무리 찾는다 해도, 우리는 우리 혐오와 절망에 맞아떨어지는 대상을 찾을 수 없기에 그래서 똑같은 무한의 격노로 우리는 우리 앞을 막아서는 모든 것을 공격했다. 우리는 상점을 부수고 들어가, 움직일 수 있는 물건은 창밖으로 집어 던지고, 아스팔트 위에서 내리밟았다."《저항의 멜랑콜리》

이 작품에서 크러스너호르커이는 사회주의 체제의 붕괴를 문명과 야만, 질서와 혼돈이 뒤엉킨 신화적, 우주적 종말로 확장한다. 말없이 불안을 자극하는 고래, 목소리

만으로 질서의 전복을 선동하는 프린스 등을 통해 불안
에 짓눌린 군중이 어떻게 폭동과 파괴의 유혹에 휘말리
고, 또한 에스테르 부인이 상징하는 전체주의의 부활에
굴복하는지 보여준다.

소설 제목인 '저항의 멜랑콜리'는 변화나 혁명에 대한
저항을 뜻하지 않는다. 이 작품엔 어떠한 현실적 저항도
없다. 그저 불가피한 파국 앞에서 인간이 느끼는 무력감,
광기 어린 폭력, 그리고 그로 인한 우울만 존재한다. 작
가는 종말의 절대적 도래 앞에서 인간의 저항은 우울한
몸짓에 불과하다고 선언한다.

이렇듯 사회주의의 파멸적 몰락을 기록하고 서구 문명
의 우울한 종언을 지켜보는 가운데, 크러스너호르커이는
동양적 사유와 예술에서 다른 삶의 실낱같은 존재를 발
견한다. 《저녁 6시Este hat: néhány szabad megnyitás》, 《북
쪽의 산, 남쪽의 호수, 서쪽의 길, 동쪽의 강szakról hegy,
Délről tó, Nyugatról utak, Keletről folyó》, 《하늘 아래 파괴
와 슬픔뿐Rombolás és bánat az Ég alatt》, 《서왕모의 강림》
등은 "예술의 힘을 다시 일깨움"으로써 우리에게 이 절
망의 시기를 견디는 힘을 상기시킨다.

1

《저녁 6시》는 미술 전시회의 개막 연설 형식을 빌린 독특한 에세이 소설이다. 미술 비평과 소설의 중간 형식을 띤 이 작품에서 작가는 그림이 인간 내면에 일으키는 죽음, 사랑, 두려움, 고통, 희망, 절망 등 격렬한 사유의 파동을 유려한 문장으로 체험하게 한다. 예술은 우리 내면에서 저 바깥의 파멸적 현실과는 다른 현실을 체험하게 한다. 그러니까 '다른 현실'은 있다. 감추어져 있을 뿐.

《북쪽의 산, 남쪽의 호수, 서쪽의 길, 동쪽의 강》은 일본 교토를 배경으로 한 작품이다. 화자는 《겐지 이야기》에 나오는 주인공 히카루 겐지의 손자다. 그는 수백 년에 걸쳐 삶을 이어가면서 '백 번째 정원'을 찾아 헤매는 중이다. 50편의 짤막한 단편을 엮은 이 작품에서 작가는 일본 선 사상과 정원 미학에서 영감을 받아 서구적 이성이 잃어버린 '성스러운 공간'을 탐구한다.

사원의 뜰, 이끼 낀 돌, 썩어가는 나무 기둥, 스쳐 가는 바람의 움직임 등을 현미경적으로 집요하게 서술함으로써 언어로 포착할 수 없는 공空의 충만함, 느림과 정지의 사유를 구현한다. 교토 곳곳에 숨은 정원은 성스러움과 아름다움이 '부재의 존재'임을 우리에게 알려준다. 그건 파멸적 세계의 표면엔 존재하지 않는다. 깊은 곳에 은밀히 감추어져 있고, 끝없는 수행과 엄격한 규율 속에서만 찰나에 드러났다 사라진다.

《서왕모의 강림》은《북쪽의 산, 남쪽의 호수, 서쪽의 길, 동쪽의 강》의 탐구를 지구 전체로 확장한다. 이 작품은 전통적 소설의 서사 구조를 해체하고, 서로 다른 시공간을 배경으로 한 17편의 독립적 단편을 하나로 엮은 연작 소설이다. 피보나치수열에 따라 배치된 이 작품은 겉보기엔 무질서하고 혼란스러운 인간의 삶과 역사 이면에 숨은 우주적 질서와 조화가 숨어 있음을 알려준다.

'서왕모'는 불로불사의 복숭아를 관리하는 도교의 여신으로, 3000년에 한 차례씩 천상의 복숭아꽃이 피고 열매가 맺힐 때 지상에 강림한다. 이는 아름다움이 비루한 현실에 나타났다가 사라지는 순간, 즉 성스러움의 현현을 상징한다. 작가는 말한다. "풍경만 남고 인간 존재는 찰나에 사라진다."

이 작품은 일본의 노能, 르네상스 피렌체의 회화, 러시아의 이콘, 스페인의 알람브라궁전, 바흐의 음악 등 인류사 최고의 예술적 걸작들 앞으로 독자들을 데려가, 파괴

적 세계 속에서 어떻게 여전히 아름다움이 존재할 수 있
는지, 그것을 마주한 인간은 어떤 존재론적 충격을 겪는
지 탐구한다. 아름다운 예술이나 숭고한 행위에 깃든 성
스러움의 순간을 통해 '예술적 구원과 초월'의 가능성을
보여주는 것이다.

첫 번째 단편에 나오는 백로의 사냥 장면은 인간이 어
떻게 미학적 존재로 거듭날 수 있는지를 보여준다. 이 작
품은 교토 가모강에서 먹이를 노리는 백로의 시선을 극
도로 정밀하게 묘사한다. 한순간도 움직이지 않고 먹이
를 기다리는 백로의 긴장된 육체는 집중과 응시의 힘을
나타낸다. 흐르는 강물은 덧없는 시간의 상징이고, 종말
을 향해 치닫는 세계의 표상이다. 그 속에서 백로는 한순
간에 물고기를 낚아챈다.

이 작품의 첫 문장은 예술적 삶의 존재론을 압축해서
담아낸다. "주위에서 움직이는 모든 것이 이번 한 번만
인 것처럼", 예술적 영감이나 신성한 아름다움은 극한의
인내와 집중 끝에 단 한 번 찾아온다. 작가는 "지옥 같은
현실의 폐쇄회로에서 탈출할 수 있는 유일한 통로는 미
적 숭고함에 대한 일시적인 응시"뿐임을 역설한다. 이것
이 작가가 '바닥난 희망'의 세계에서 간신히 찾아낸 '다

른 삶'의 가능성이다.

○

전쟁, 기후 붕괴, 정치적 분열 등, 우리 시대의 특징은 우울과 절망이다. 단테가 지옥의 밑바닥에서 사랑의 천국을 꿈꾸었듯, 쓰라린 세상은 작가들에게 커다란 영감을 준다. "우리는 살아남기 위해서 훨씬 더 큰 힘이 필요하다. 작가들이 다음 세대를 위해 무언가를 줄 수 있기를, 어떻게든 이 시기를 살아 견딜 수 있기를 바란다."(노벨위원회)

절망 속에서 다른 삶의 가능성을 발견하기, 이는 모든 위대한 작가의 조건이자 크러스너호르커이 라슬로 문학의 특징이다.

LÁSZLÓ

KRASZNAHORKAI

교수와 천사

금정연

LÁSZLÓ

KRASZNAHORKAI

1992년 6월, 서른여덟 살의 크러스너호르커이 라슬로는 도서 주간을 맞아 고향 줄러를 찾는다. 1985년 데뷔작 《사탄탱고》를 출간한 후, 그는 동·서베를린과 몽골, 중국을 오가며 시간을 보냈고, 1992년에는 화물선을 타고 대서양을 횡단한 후, 마데이라섬을 거쳐 독일 뮌헨 근교의 빌라베르타 레지던시에 머물렀다. 그 떠돌이 같은 시간의 틈새에, 그는 잠시 고향으로 돌아와 모조로시 야노시 시립도서관에서 독자들을 만난다.

"선생님을 잘 아는 분들도 계시고, 책으로만 접한 분들도 많은데, 막상 길에서 마주쳐도 선생님인지 못 알아볼 수도 있잖아요. 아직 선생님을 잘 모르는 시청자들을 위해 스스로 어떤 사람인지 소개해 주실 수 있을까요?"

줄러TV 아나운서의 질문에 연한 하늘색 정장을 멋지

게 차려입은, 어쩐지 작가라기보다는 퓨전 재즈 밴드의 기타리스트에 가까운 인상의 크러스너호르커이는, 작게 한숨을 쉰 다음 이렇게 대답한다.

"그게 참… 몹시 어려운 질문이네요. 사람이 자기 자신이 누구인지 말한다는 게 원래 어려운 법이잖아요. 제가 정말 그걸 알 수 있다면 좋겠지만요."

하지만 다른 사람에 대해 말하는 일도 녹록지는 않다. 이 글은 2025년 노벨문학상을 수상한 헝가리 출신의 작가 크러스너호르커이 라슬로를 소개하는 자리이며, 이 한 문장 속에, 아마도 대부분의 독자에게 필요한 정보는 이미 다 들어 있다. 나머지는 사족 혹은 TMI, 어쩌면 억측에 가까울지도 모른다. 별수 없지. 때때로 세상엔 그런 식으로밖에 나아갈 수 없는 일들이 존재한다.

벨소리에서 시작하자. 소설의 첫머리, "어느 시월의 아침 끝없이 내릴 가을비의 첫 방울이 마을 서쪽의 갈라지고 소금기 먹은 땅으로 떨어질 즈음" 후터키를 잠에서 깨우는, 어디서 들려오는지 도무지 알 수 없는, 신비롭기도 하고 듣는 이를 불안하게 만들기도 하는 《사탄탱고》

의 종소리.

나는 지금 당신이 이미 《사탄탱고》를 읽었다고 가정하는 게 아니다. 다만 언젠가 읽는다면, 소설 속에서 종소리가 울리는 순간들에 주의를 기울여주길 요청하는 것이다.

처음에 그것은 소명을 알리는 종소리처럼 들린다. 진흙탕 위로 무너져버린 공동체에 마지막 기회가 찾아왔음을 알리는 신호. 이미 다 끝나버렸다고, 더는 남은 게 없다고 믿고 싶은 사람들을 다시 한번 부르는 외침. 하지만 후터키는 끝내 움직이지 않고, 시간과 함께 사건이 그를 덮쳐 오길 무기력하게 기다린다. 다른 이들도 마찬가지다. 그리하여 소설의 중반, 그 소리는 에슈티케의 죽음을 알리는 조종이 된다. 마을은 한 소녀를 잃었고, 이내 더 많은 것을 잃을 것이다. 그러나 마땅한 애도는 이어지지 않는다. 제자리를 찾지 못한 죽음은 주민들이 그토록 기다리던 (가짜) 구원자의 선동에 이용당하고, 종소리는 아무런 반향도 일으키지 못한 채 공허하게 울릴 뿐이다.

종소리에 끝까지 매달리는 유일한 인물은 의사다. 그는 집 안에 틀어박혀 꼼짝도 하지 않은 채 술을 마시며, 창밖으로 보이는 이웃들의 일거수일투족을 관찰해 일기

장에 옮겨 적는 얼치기 작가, 일종의 리얼리스트다.

하지만 소설의 마지막 부분, 사람들이 사라진 마을에서 더는 쓸 것을 찾지 못해 초조해하던 그는 (다시) 종소리를 듣고, 순간 신의 은혜를 입은 듯한 전능감에 휩싸인다. "모든 것이 글에 쓴 그대로 고스란히 일어나고 있음을 직감했을 뿐만 아니라, 이제부터는 자기가 쓰는 일이 실제로 일어날 것임을 깊이 확신"하게 된 것이다. 그야말로 문학적 현현의 순간이다.

의사는 열에 들뜬 것처럼 철자와 철자를 이어나간다. 그러다 종소리가 "무언가 좋은 뜻을 담고 있고 나의 확실치 않은 능력에 어떤 방향을 제시해주는 것"임을 직감한 그는, 당장 '마술적인 글쓰기'를 멈추고, 소리의 근원을 찾아 서둘러 집을 나선다.

그러나 막상 도달한 곳에서 그가 발견하는 진실은 추악하다고는 할 수 없어도 더없이 추레하다. 그 뒤에는 어떤 신비도, 거창한 의미도 없다. 허물어진 성당에서 "믿기 어려울 만큼 늙어 쭈글쭈글한 남자"가 장난처럼, 혹은 버릇처럼 종을 두들겨 만들어내는 의미 없는 소리가 있을 뿐이다. 비통한 마음으로 돌아온 의사는 지금껏 자신이 쓴 문장들을 되돌아본다. 마법은 끝났고, 남은 건

시시한 잉크의 흔적뿐이다. 분노한 그는 충동적으로 문에 못질을 한다. 그렇게 스스로를 가둔 채, 일기의 문장도 '마술적인' 문장도 아닌 또 다른 문장을 쓰기 시작한다. 바로 이 소설의 첫 문장을.

"어느 시월의 아침 끝없이 내릴 가을비의 첫 방울이 마을 서쪽의 갈라지고 소금기 먹은 땅으로 떨어질 즈음(이제 첫서리가 내릴 때까지는 온통 악취나는 진흙 바다가 펼쳐져 들길로 다니기도, 도시로 가기도 어려울 터이다), 후터키는 종소리에 잠에서 깨어났다."

나는 이 글이 일종의 억측이 될지 모른다고 이미 경고했다. 하지만 의사의 모습에 크러스너호르커이 자신의 모습을 겹쳐보지 않기란 불가능하다. 《사탄탱고》에서 《저항의 멜랑콜리》와 《전쟁과 전쟁Háború és háború》을 거쳐 《벵크하임 남작의 귀향》으로 이어지는 '라슬로 4부작'에서 '교수'(혹은 '학자')라는 형상이 계속해서 반복된다는 사실을 떠올리면 더더욱 그렇다. 그러나 너무 앞서가지는 말자. 지금은 교수(≒의사, 학자)가 크러스너호르커이 소설의 한 축이라는 사실만 기억하면 된다. 그렇다면 다른 축은 무엇인가?

여기 또 하나의 벨 소리가 있다. 2025년 가을, 암에 걸린 친구를 병문안하기 위해 프랑크푸르트에 머물고 있던 일흔한 살의 크러스너호르커이 라슬로에게 한 통의 전화가 걸려 온다. 스웨덴 한림원 사무국의 제니 뤼덴이 노벨문학상 수상을 알리기 위해 건 전화다. 소식을 들은 노작가는 사뮈엘 베케트의 한 줄짜리 수상 소감("정말 재앙이군")을 인용하며 이렇게 말한다.

"이건 재앙 그 이상입니다."

《사탄탱고》의 세계에서 벨 소리는 의사를 방 안에서 끌어내어 진실의 비루한 측면을 직면하게 만듦으로써, 그를 '기록자'가 아닌 '작가'의 자리로 끌어올린다. 그리고 40년 뒤, 우리가 현실이라고 부르는 세계에서 벨 소리는 비좁은 탑에 은거하던 노작가를 스웨덴 한림원 강당의 단상으로 이끈다. 일반적으로 작가의 문학 세계에 대해 말하는 수상 연설을 크러스너호르커이는 이런 말로 시작한다. 원래는 희망에 대해 이야기하려 했는데, 희망의 저장고가 완전히 바닥나서 그럴 수가 없게 되었다고,

대신 '천사'에 대해서 이야기하겠다고.

크러스너호르커이에 따르면, 원래 천사란 위에 계신 분의 말씀을 전하는 존재였고, 천사 자체가 곧 메시지였다. 그러나 오늘날의 새로운 천사에게는 날개도 없고, 전할 말도 없다. 우리와 똑같이 옷을 입고 우리 사이를 걸으며, 오히려 우리가 그들에게 무슨 말을 좀 건네주기를 기다리는 존재다. 하지만 우리에게는 전할 메시지가 없다. 따라서 거기엔 어떤 대화도, 이해도 이어지지 않는다.

그래서 크러스너호르커이는 말한다. 그들은 더 이상 천사가 아니라 희생자라고, 우리를 위해 희생하는 것이 아니라 우리 때문에 희생당하는 존재들이라고. 그리고 그는 그 사실을, 자신이 늘 가지고 다니는 (상상의) 청진기를 꺼내 진동판과 종 모양 부분을 우리의 가슴에 부드럽게 가져다 댔을 때 들려오는 '운명의 소리'를 통해 감지할 수 있다고 말한다.

그는 오래전 베를린 지하철 플랫폼에서 본 한 장면을 꺼낸다. 한 노숙자가 한 방울 한 방울 힘겹게 오줌을 누고 있다. 반대편 플랫폼에서 그를 발견한 경찰은, 질서를 지키는 '선'의 입장에서 질서를 어지럽히는 '악'을 잡으러 전력으로 달려간다. 그러나 크러스너호르커이의 사색 속에서 경찰은 끝내 노숙자를 따라잡지 못하고, 마치 아킬레우스와 거북이의 역설처럼 둘 사이의 간격은 물리적으로도, 상징적으로도 영원히 메워지지 않는다.

크러스너호르커이는 그 사이에는 어떤 희망도 없다고 말한다. 그것은 '선'이 '악'을 이기지 못해서가 아니다. 스스로를 '선'이라 여기는 시스템과, 그 시스템 속에서 '악'이나 '문제'로 호명되는 희생자 사이에는 애당초 어떤 만남도 성립되지 않기 때문이다.

천사, 희생자, 날개도 메시지도 없이 우리 곁을 서성이다가 제도의 언어 속에서 '혼란'이나 '위반'으로 번역되는 존재들. 그들이 바로 라슬로 소설의 또 다른 축이다.

수상 연설의 끝에서 라슬로는 다시 베를린 지하철을 떠올린다. 노숙자와 경찰의 추격전을 목격한 뒤 올라탄 열차 안에서, 환승도 하차도 하지 못한 채 불이 켜진 역들이 창밖으로 스쳐 지나가는 것을 바라보기만 했던 시간. 그는 그 이후로도 줄곧 그 열차를 타고 있는 것 같다고, 어디에서도 내려설 수 없다고, 그사이에 반역과 인간의 존엄과 천사에 대해—어쩌면 희망에 대해서까지—이미 다 생각하고 말해버린 것 같다고 말한다. 그러니까 지금까지도.

　말하자면 라슬로의 소설에는 언제나 두 부류의 사람이 있다. 관찰하고 생각하는 자와 희생당하는 자, 교수와 천사.

〈파리 리뷰〉와의 인터뷰에서 크러스너호르커이는 이렇게 말했다. "나는 한 권의 책만 쓰고 싶다고 천 번을 말했다. 첫 번째 책에 만족하지 못했고, 그래서 두 번째 책을 썼다. 두 번째 책에 만족하지 못했고, 그래서 세 번째 책을 썼다. 이제 《벵크하임 남작의 귀향》으로 이 이야기를 마무리한다."

　그러니 여기서는 교수와 천사라는 구도가 '라슬로 4부작' 안에서 어떻게 얼굴을 바꾸며 반복되는지 간단하게만 짚어보기로 하자.

　《사탄탱고》에서 천사는 소녀의 모습으로 등장한다. 가족에게조차 보호받지 못하는 소녀의 이름은 에슈티케다. 그녀는 늘 배가 고프고, 얻어맞으며, 뒷전으로 밀려난다. 집 안에서도, 마을에서도, 누구의 우선순위도 되지 못한 채 구석에서 구석으로만 움직이는 아이. 무너지는 공동체가 가장 먼저 부숴버리는 존재가 누구인지를 크러스너호르커이는 소녀의 행동을 통해 보여준다. 고양이에게 가하는 폭력, 오빠에 대한 맹목적인 믿음, 숲속 폐허에서의 마지막 선택까지. 어른들의 언어와 제도 바깥에서, 그녀는 자기에게 허락된 가장 가난한 수단들로만 세계에 말을 건다.

그런 그녀가 마지막으로 만나는 사람은 바로 의사다. 늘 방 안에 틀어박혀 남의 삶을 기록으로만 옮기던 그가 술을 사기 위해 모처럼 집을 나선 순간, 공교롭게도 어느 때보다 도움이 절실하던 소녀가 그를 알아보고 그의 품에 달려든다. 그러나 의사는 그 몸짓을 받아낼 준비가 되어 있지 않다. 그는 반사적으로 그녀를 밀어낸다. 그리고 그 사소해 보이는 밀침이, 결국 그녀가 죽음을 선택하게 만드는 마지막 방아쇠가 된다.

《저항의 멜랑콜리》에서 천사는 별을 사랑하는 바보 같은 청년의 모습으로 다시 나타난다. 밤마다 술집 사람들을 모아놓고 테이블과 바닥 사이를 빙빙 돌며 태양계의 운동을 온몸으로 재현하는 벌루시커의 시선은 늘 머리 위 어딘가, 인간들 위를 지나가는 별들의 궤적을 따른다. 세상은 그런 그를 비웃지만, 전직 음악학교 학장이자 수년 전 스스로 세상에서 격리되기를 택한 뒤 온종일 침대에 누워 지내는 에스테르에게 그는 누구보다 성스러운 존재다. 너무 많은 생각—음악이란 무엇인가? 세계 속 인간 존재의 의미는 무엇인가?—속에서 허우적대던 교수는, 마침내 벌루시커와 함께하는 새로운 삶을 결심하지만, 이미 그때는 마을을 휩쓴 파시즘의 폭력으로 벌루시커가 돌이킬 수 없이 부서진 후다.

1부작의 의사가 창문 뒤에서 보는 리얼리스트였다면, 2부작의 학장은 이미 세계와 음악에 대한 어둡고 긴 회의를 통과한 끝에 희미하게 빛나는 천사를 바라보며 무언가를 다시 믿어보고자 하는 사람이다. 그러나 그는 여전히 생각이 너무 많고 행동은 너무 굼뜨다. 그리하여 천사가 스러진 뒤 남는 것은 조금 더 어두워진 세계뿐이다.

3부작 《전쟁과 전쟁》에 대해서는… 일단 빈칸으로 남겨두자. 아직 한국어 번역본이 출간되지 않았고, 해외 리뷰를 통해 어렴풋이 분위기를 짐작할 순 있지만 섣불리 말하고 싶지는 않다. 억측은 이미 충분하다. 다만 크러스너호르커이의 말대로라면, 이 소설 역시 앞선 두 작품으로는 충분치 않았던 '한 권의 책'을 향한 또 한 번의 시도였을 것이다. 그리고 그 네 번째 시도가 바로 《벵크하임 남작의 귀향》이다.

벵크하임 남작은 해외에서 도박 빚을 잔뜩 지고 쫓겨 나다시피 고향으로 돌아온 늙은 귀족이다. 도시 사람들은 그에게 온갖 환상을 투사하고, 언론은 그의 일거수일투족을 보도한다. 하지만 정작 남작은 수십 년 전 첫사랑만을 기억하고 생각하는 지고지순한 바보다. 세상에 대해 지나치게 순진하고, 세상에 어떤 영향력도 발휘할 생각이 없고, 자기 나름의 방식으로 타인을 믿고 사랑하는 인물이라는 점에서, 그는 이전 작품의 소녀와 청년이 한층 늙어버린 천사처럼 보인다.

그리고 교수가 있다. 생물학 교수이자, 〈네이처〉에 따르면 전 세계에서 가장 중요한 이끼 전문가 세 명 중 하나. 세상에서 벗어나 황무지에 틀어박혔지만, 자신을 괴롭히는 생각으로부터는 도망칠 수 없는 사람. 너무 많이 생각한 끝에, 매일매일 '생각 면역 연습'을 하는 고행자. 1부작의 의사가 그랬고 2부작의 전직 학장이 그랬듯, 여전히 그는 라슬로에 가장 가까운 분신으로 보인다.

다만 결정적인 차이가 있다. 《사탄탱고》와 《저항의 멜랑콜리》에서 천사의 희생 뒤에 남는 것은 조금 더 어두워지고 더 비열해진 세계다. 소녀는 죽고, 별을 사랑하던 청년은 정신이 부서진 채 수용소에 갇힌다. 천사가 사라진 자리 위에서 세계는 계속된다. 다만 이전보다 조금 더 나빠진 상태로.

이번엔 아니다. 여기서 천사는 더 이상 홀로 희생당하는 타자가 아니다. 그리고 저자 자신의 이미지가 온전히 '교수' 쪽으로 투영되던 전작들과 달리, 귀향이라는 모티프를 통해 천사＝남작은 줄러로 돌아온 1992년의 작가를 은근히 비추는 거울이 되기도 하고(그가 강연했던 도서관인 '모조로시 야노시'는 벵크하임 가문의 영지 회계 담당자이자 줄러 기록 보관소 관리인의 이름이었다), 그 이후로도 계속해서 세계를 떠돌다 '고향'으로 돌아오기를 반복하는 작가 자신의 경험을 떠올리게 만드는 인물이기도 하다. 첫사랑에게 상처를 주었다는 괴로움에 고뇌하다가, 자신을 반성하며 그녀에게 사과해야겠다고 마음먹은 순간에 비극적인 죽음을 당한다는 점에서 말이다. 조금 다른 의미지만, 남작이 죽은 후에도 홀로 살아남은 또 하나의 천사('저능아'라고 불리는)가 등장한다는 점에서도 그렇다.

소설의 끝에서, 교수의 기묘한 결심과 도시를 덮치는 초현실적인 불길이 겹친다. 그리고 세계는 조금 더 나

빠지는 대신, 쾅! 아예 폭발해버린다. 이전 작품들에서 천사를 잃은 뒤에도 질척거리며 계속되던 세계가 4부작에 이르러서는 더 이상 연장되지 않고 한 번에 전소돼버린다.

천사는 여전히 희생되고, 교수는 여전히 아무것도 구하지 못한다. 하지만 4부작의 교수는 더 이상 안전한 관찰자의 자리에 머물지 못한다. 그는 벗어나고 싶지만 결코 벗어날 수는 없었던 세계(와 그 자신)를 함께 불태워버리는 쪽으로 조금 더 기울어져 있고, 벵크하임 남작은 전과 달리 이 소설을 쓴 작가 쪽으로 조금 더 가까워진 천사처럼 보인다. 이 새롭게 조정된 미묘한 거리가, 라슬로가 말한 "한 권의 책"을 향한 네 번째이자 마지막 시도의 결과라는 게 의미심장하게 느껴진다.

이쯤에서 3부작과 4부작 사이에 끼어 있는 짧은 작품 하나를 언급해야겠다. 바로 《라스트 울프》다. 겉보기에는 '라슬로 4부작'과 전혀 관계없는 독립적인 중편이지만, 내게는 교수와 천사 사이에 놓여 있는 작은 징검돌처럼 읽힌다.

《라스트 울프》의 화자는 한물간 전직 문학 교수이자, 더 이상 아무것도 쓸 수 없다고 믿는 작가다. 그는 어떤 이해할 수 없는 사정으로 스페인 외딴 지방의 레지던시에 초대된다. '무엇이든 쓰고 싶은 걸 쓰라'고 초대받았지만, 정작 본인은 아무것도 쓰고 싶지 않고 아무것도 쓸 수 없다고 느낀다. 초롱초롱한 눈빛으로 자신을 바라보는 레지던시 사람들에게 그가 할 수 있는 말은, 지역 신문에서 우연히 읽은 "두에로강의 남쪽에서 1983년 마지막 늑대가 스러졌다"라는 문장 한 줄뿐이다. 그런데 사람들은 그 말을 오해한다. 그가 마지막 늑대에 대한 책을 쓰러 왔다고 믿고, 그를 사냥꾼과 농장지기와 산림 관리인에게 데려가 '마지막 늑대의 흔적'을 추적하게 만든다.

여기서 늑대는 에슈티케나 벌루시커와 같은 위치에 서 있다. 우리 때문에 희생된 존재, 타자들의 욕망과 후회와 죄책감이 뒤늦게 투사되는 대상. 그러나 이전의 천사들이 그저 관찰되고 서술되고 희생당하는 쪽이었다면, 《라스트 울프》의 늑대는 다르다. 교수-작가는 그 이야기를 듣는 과정에서, 마지막 늑대의 생과 죽음이 가진 리듬에 점점 말려들고, 끝내 눈물을 흘린다. 처음에는 자신이 왜 그 자리에 있는지도, 왜 이 이야기를 들어야 하는지도 모르던 사람이, 마지막에는 정확히 그 이야기 때문에 무너져버리는 것이다.

형식도 의미심장하다. 《라스트 울프》는 하나의 문장으로 이루어진 작품이다. 바에 앉은 교수가 바텐더와 나누는 이야기라는 단순한 형식으로 보이지만, 멈추지 않는 문장 속에서 시점時點과 시점視點을 자유롭게 넘나들며 소설의 논리를 넘어선 이야기의 흐름 속에 독자를 끌어들인다. 마치 늑대의 궤적을 따라 기후도, 식생도 다른 시공간을 이동하듯이. 기억 속에서 뒤얽힌 삶의 궤적을 긴 호흡으로, 그러나 한 번도 숨을 멈추지 않은 채 되짚어가듯이.

여기서 처음으로, 천사와 교수 사이의 간극은—비록 이미 때는 늦었지만—잠시 사라지는 것처럼 보인다. 이렇듯 마지막 늑대를 향한 뒤늦은 감응이 있었기에, 작가는 네 번째 책에서 처음으로 '천사 쪽으로 한발 더 가까이 간 교수'와, '교수 쪽으로 한발 더 가까이 끌어당겨진 천사'를 만들 수 있었던 것은 아닐까? 이것이 나의 마지막 억측이다.

LÁSZLÓ

어느덧 이 글을 마무리할 시간이다. 나는 아직 크러스너호르커이의 악명 높은 긴 문장(그는 "마침표는 신의 것"이라고 말했고, 한 외국 리뷰는 그가 "마침표를 귀한 향신료처럼 아껴 쓴다"라고 평하기도 했다)이나 "느리게 흐르는 용암 같은 서사"에 대해 언급하지 않았다. 언뜻 고매해 보이는 인상과 달리 그가 즐겨 인용하는 대중문화의 클리셰에 대해서나, 그가 때때로(실은 자주) 독자를 당황하게 만드는 지연과 급작스러운 도약, 그의 유머 감각과 매번 손끝에서 미끄러지는 의미 같은 것들에 대해서도 그렇다.

그런데 생각해보면 그게 인생 아닌가?

실제로 크러스너호르커이는 자신이 마침표를 아껴 사용하는 이유는 거창한 문학적 실험 때문이 아니라, 그것이 평소에 말하는 방식에 더 가깝기 때문이라고 했다. 우리의 삶을 느리게 흐르는 용암 같은 서사라고 말할 수 있는지는 모르겠지만, 충분히 귀를 기울이기만 한다면 일상이라는 단단해 보이는 표면 아래로 흐르는 이야기들의 물줄기를 들을 수 있다. 물론 그중 많은 것은 어디서 본 듯한 클리셰의 형태를 띠고 있을 테다. 그러나 현실에서는 우리가 즐겨 읽는 소설과 달리 정확한 타이밍에 적절한 정보가 주어지는 일 따위는 좀처럼 없고, 우리가 예상한 적도 없고 예상할 수도 없는 일은 늘 벌어진다. 그럴 땐 그저 씁쓸하게 웃을 수밖에 없다.

그러니까 인생은 일단 사는 것이다. 의미는 그다음에 온다, 만약 그것이 필요하다면.

나는 여기서 크러스너호르커이의 소설을 읽는 게 또 하나의 인생을 사는 것과 같다, 그러니까 그냥 읽으면 된다, 라는 식의 말을 늘어놓을 생각은 없다. 사실, 모든 소설을 읽는 게 그렇다. 다만 크러스너호르커이는 그 사실을 놀랍도록 명확하게 보여줄 뿐이다. 그렇기에 그는 독자들이 자신의 소설을 충분히 주의를 기울이며 천천히 읽기를 바라는 게 아닐까? 우리가 인생을 그렇게 살길 원하기 때문에.

물론 이것은 억측이고, 진짜 마지막 억측이다. 그리고 이 글은—전혀 놀랍지 않게도—'작가 소개'로는 실격인지도 모른다. 별수 없지. 때때로 세상엔 이런 식으로밖에 끝날 수 없는 일들이 존재한다. 그런데 그게 중요한가?

2021년 5월, 헝가리 문학 온라인Hungarian Literature Online과의 인터뷰에서 마르톤 얀코비치는 크러스너호르커이 라슬로에게 이렇게 물었다.

"1992년에 고향을 방문해서 줄러 TV와 인터뷰를 하셨을 때, 리포터가 선생님의 작품에 익숙하지 않은 시청자들을 위해 '당신이 누구인지 말해달라'고 요청했습니다. 선생님은 한숨을 쉬며 이렇게 답변을 시작했죠. '내가 알기만 한다면.' 그 후 30여 년 동안, 이 질문에 대해 조금이라도 진전을 이루셨나요?"

그러자 크러스너호르커이는 대답한다.

"네, 저는 이제 더 이상 신경 쓰지 않습니다."

당신도 그랬으면 좋겠다.

KRASZNAHORKA

고정된 회오리의 세계

_마지막 늑대

고영범

고정된 회오리의 세계

_마지막 늑대

고영범

LÁSZLÓ

극작가, 소설가.

신학과 영화를 공부했다. 장편소설 《서교동에서 죽다》와 희곡 《서교
동에서 죽다》《에어컨 없는 방》〈태수는 왜?〉〈이인실〉〈방문〉, 기행
전기 《레이먼드 카버》를 썼다. 《스웨트》《예술하는 습관》을 비롯한
다수의 희곡과 《펄프헤드》《시나리오 어떻게 쓸 것인가》 등을 번역
했다.

허름한 술집이 하나 있고, 그 술집을 지키는 바텐더가 있고, 그곳에서 하루를 보내는 사내 '그'가 있다. '그'는 한때 대학에서 철학을 가르치는 교수였지만 지금은 이따금 들어오는 교정 일을 하면서 최저 수준의 생계를 이어가는, 이를테면 사회적으로 몰락한 학자/지식인이다. 바텐더는 사내가 들어오면 별다른 말이 없어도 그 집에서 가장 싼 맥주인 슈턴부르크를 내놓고, 사내는 그 술을 홀짝홀짝 마신다. 사내에게 술은 목적이 아니라 그곳에 머물며 시간을 보내기 위한 방편에 가깝다. 사내는 자기 딴엔 이 헝가리인 바텐더를 베를린이라는 도시에서 가장 가까운 사람으로 여기지만, 바텐더한테는 매일같이 와서 맥주 두세 병을 붙들고 하루 종일 죽치고 있는 이 사내가 그다지 달갑지도, 대수롭지도 않은 단골손님일 뿐이다. 그리고 이 사내는 바텐더가 물건을 들이고 대충 가게를 정리하는 아침 일과를 마친 뒤 창밖을 내다보는 것 말고는 아무 할 일도 없는 시간에 오기 때문에 그 끔찍한 무료함을 깨뜨려주는 효과도 있고, 그 큰 덩치 덕에 이 가게에 해코지할 기회만 노리고 있는 터키인 청소년들이 접근할 생각도 못 하게 막아주는 효과도 있다. 그리고 무엇보다, 바텐더한테는 누구의 출입도 금지할 권리가 없다. 그러니 싫든 좋든 받아들일 뿐이다.

여기서 약간의 혼란을 겪는다. 왜냐면 '그'는 이 헝가리인 바텐더를 베를린에서 가장 가까운 사람으로 여기고 있다고 쓰여 있기 때문이다. 나는 저자가 헝가리인이라는 사실을 알고 있기 때문에 이 이야기의 주요 인물인 '그' 또한 헝가리인일 거라고 짐작하고 있던 참이다. 그러나 그 바텐더는 "그가 동부 유럽인도 아니고 예쁘장한 영계가 아니"지만, 앞에 서술한 이유들 때문에 참아주고 있을 뿐이라고 한다. 이건 의도된 혼란일까, 아니면 단순히 일종의 비대칭적 대비 같은 걸까? 후자라면 실패한 학자/예술가 주인공과, 그를 대수롭지 않게 여김으로써 그의 비극성이나 누추함, 요즘 말로 하자면 '찌질함'을 쇼윈도에 올려놓는 역할을 하는 누항의 인물 간의 대비라는, 흔히 보지만 여전히 효과적인 대비를 기본 축으로 삼은 이야기가 될 것이다. 전자라면 그보다는 조금 더 복잡한 이야기가 될 수도 있겠다. 어떻게 읽든, 두 사람의 관계가 아귀가 딱 맞아떨어지는 대칭 관계가 아니라, 끝마무리가 정확하게 이뤄지지 않는 나선형 구조로 이뤄져 있다는 면에서는 큰 차이가 없다.

　바텐더가 자신에 대해 어떻게 생각하고 있는지와는 아무런 관계 없이, '그'는 바텐더에게 자신이 스페인의 엑스트레마두라라는 곳에 초대받았다는 사실을 이야기하고, 그곳에 다녀온 뒤에는 거기서 있었던 일—마지막 늑대를 사냥한 이들을 찾아다닌—에 대해 이야기해준다. 애당초 사내에게 아무런 관심도 없던 바텐더는 차츰 사내의 이야기에 관심을 가지기 시작한다. 시간적(늑대 사냥은 1983~1993년의 일로 언급된다)으로 보나 공간적(스페인과 포르투갈의 접경 지역)으로 보나 매우 이질적인 '늑대'라는 존재가 이야기에 등장하는 순간, 그의 관심은 고조된다. 이렇게 보면 이 이야기는 실패한 지식인의 괴이한 모험담과 그걸 들어주는(때로는 관여하는) 보조 인물에 관한 이야기라는 그리 낯설지 않은 범주에 들어갈 텐데, 내용적으로는 거기에서 그리 멀지 않더라도 그럴

게 단순하게 정리하고 넘어가기에는 미진한 면들이 여러 가지 있다. 조금 찬찬히 들여다보자.

이 이야기는 아무런 맥락도 설정하지 않은 상태에서 "그저 웃음이 났다"라는 문장으로 시작한 뒤 그 문장의 전말-인과를 설명하는 게 아니라 곧바로 허무함과 멸시감 사이의 어딘가에 위치한 '그'의 상태로 들어간다. 그리고 문장은 "그 모든 게 대체 무슨 상관인가"로 이어진다. 그리고 그 뒤에 이어지는 문장은 이 문장을 바로 부정하고, 부정하는 자의 생각 안으로 다시 들어간다. 몇 겹의 생각이, 마치 농도 짙은 페인트에 페인트를 섞은 것처럼 번져가면서 커다란 그림을 향해 나아가는 것이다. 아니다, 페인트보다는 에폭시라고 하는 게 좋겠다. 섞는 사람이 휘젓는 만큼만 유연하게 뒤섞여 들어가다가, 휘젓는 손짓이 멈춘 지점에서 견고하게 굳어버리는, 마치 회오리처럼 뒤섞이지만 일단 굳은 뒤에는 망치로도 쉽게 깨뜨릴 수 없는 견고함을 유지하는. 혹은 라슬로의 영문 번역자인 조지 시어테시의 말을 인용해도 적절하겠다. 시어테시는 라슬로의 문장이 "흘러내리는 용암" 같다고 말한다. 천천히, 확고하게 파괴적인 힘으로 세계를 덮고 자신의 서사적 세계를 만들어내는 문장. 라슬로의

LÁSZLÓ

문장은 흘러내리면서 길을 만들고, 그렇게 길을 만들어 간 모습 그대로 굳으면서 형성된 모습, 흐르던 흔적이 곧 그의 서사가 된다. 다소 혼란스럽게 들릴지 모르겠지만, 느리지만 혼란스럽게 뒤섞이는 과정 자체가 결과물인 고정된 회오리, 그게 라슬로의 글이고 그런 면에서 한 문장으로 이뤄진 《라스트 울프》는 라슬로 문장의 특질이라고 할 만한 성격을 잘 드러낸다. 전직 교수인 '그'가 엑스트레마두라로 오라는 초청장을 받은 뒤 거기가 어떤 곳인지 바르셀로나의 지인들에게 물어보고 나서 답장을 받은 장면을 보자.

"왜냐면 거기에는 아무것도 없기 때문이다, 그냥 방대한, 냉혹한 불모의 너른 평야, 국경 근처에 일반적으로 작은 언덕이 몇 개 딸렸고, 끔찍하게 건조하고, 언덕은 벌거숭이에, 땅은 바싹 말랐고, 목숨 부지하는 일이 고달프기 짝이 없기에 사람들조차 보기 드물다, 극심한 가난, 완전히 바싹 마른 땅이다, 대체 무슨 이유로 엑스트레마두라로 가느냐, 차라리 바르셀로나에 우리를 방문하러 오라, 두 명의 온정 넘치는 철학-애호가 친구들이 자신들에게 오라고 열심히 촉구했다, 바르셀로나는 바람직한 곳이었으나, 아니, 그는 바텐더에게 말했다, 카세트 플레이어의 음량을 줄여놓았음에도, 여전히 이 손님이 무엇을 원하는지 이해가 안 되기 때문인지 바텐더 표정은 영 시무룩하니 언짢은 얼굴이었다, 아니, 그는 엑스트레마두라로 갈 것이다, 거기 대단할 게 없다면 더더욱이나 그에게 안성맞춤인 곳이다"

이 문장은 바르셀로나의 지인이 보낸 편지의 내용(1)에서 시작해 '그'가 그 내용을 바텐더에게 전달하고(2), 그 말을 들은 바텐더가 반응하고(3), 그 반응과 관계없이 '그'가 엑스트레마두라로 가겠다고 결심하는 것(4)까지를 담고 있지만, 작가는 1에서 4까지의 전환 과정을 세세히 설명하지 않는다. 이 문장의 후반부 장면을 조금 친절하게 풀어 설명하면 대략 이런 방식이 되지 않을까 싶다.

"그는 두 명의 온정 넘치는 철학-애호가 친구들이 (엑스트레마두라로 가는 대신) 바르셀로나에 오라고 촉구했다고 바텐더에게 말했다. 바텐더는 일부러 카세트 플레이어의 음량을 줄여놓고 그의 말에 귀를 기울이고 있었지만, 도대체 그가 뭘 원하는지 알 수가 없었기 때문에 기분이 언짢았다. 바텐더의 얼굴은 그런 기분이 그대로 드러나 시무룩해 보였다. 그는 엑스트레마두라로 가겠다고 결심했다. 자신이야말로 보잘것없는 사람이고, 그러니 엑스트레마두라가 정말 별 볼 일 없는 곳이라면, 자기 같은 사람한테는 도리어 걸맞은 곳이라는 생각이 들었기 때문이다."

이렇게 정리해놓고 보면, 이 부분은 '그'가 바로셀로나 지인들의 말을 빌려 엑스트레마두라라는 곳을 폄하한 뒤, 그런데 자신 또한 별 볼 일 없는 인간이니(그는 초반에 '허무함과 멸시감'을 언급한 바 있다) 그곳에 가는 게 적절하다는 나름대로 논리적인 결론을 내리는 과정과, 그 과정에서 도구로 활용되는 바텐더의 입장이라는 두 줄기로 분리된다. 그런데 작가는 이런 과정과 반응 전체를 하나의 줄기로 꿰어서 하나의, 그러나 흘러가고 있는 공감각적 이미지를 제시하는 쪽을 택한 것이다. 이런 식의 서술 방식은 이 작품 전체에서 '그'와 엑스트레마두라, 그리고 바텐더의 세 요소를 이어놓는 구절들(대략 서른 곳 가까이)에 두루, 일관되게 적용된다. 이 작품을 처음 읽으면서 매우 '극적', 특히 '현대극적'이라는 느낌을 받은 게 아마도 그래서일 것이다. 한 무대 위에 두 인물이 있고, A라는 인물은 B라는 인물과 가깝다고 느끼지만 B는 그렇게 느끼지 않는다. A가 B에게 이야기하고 B 또한 A의 말을 듣고 있지만, 그 둘은 같은 생각에서 출발하지 않는다. 소위 '대화'라고 일컬어지는 과정에서도 진정으로 소통하지는 않고, 대화가 끝난 뒤에 같은 결론에 도달하지도 않는다. A와 B는 각자의 위치에서 한 치도 벗어나지 않는다. 사람들은 서로 대화하는 척하지만 사실은 각자 자기 말만 하고 있을 뿐이라는 건 많은 작가들이 간파해 온 사실이다.

이런 식의 단절을 핵심적인 구성 원리로 삼은 부조리극 같은 경우도 있지만, 사실주의적인 접근법을 택한 많은 소설과 연극, 영화의 잘 쓰인 대화 장면에서도 이런 특성은 자주 관찰된다. 로버트 올트먼 같은 이는 아예 대화 장면을 넘어 꽤 규모가 있는, 사실적으로 묘사되지만 사실성을 넘어서는 장면을 구성하는 원리로 활용하기도 했다. 대표적인 경우로 〈플레이어〉(1992)의 첫 장면을 들 수 있겠다. 약 8분가량 지속되는 롱테이크로 유명한 이 첫 쇼트/장면은 영화사 내의 마당에서 교차하며 움직이는 사람들과, 그곳에서 창문을 통해 들여다보이는 실내에서 이뤄지는 대화들로 구성되어 있다. 등장하는 인물들은 각자 상대들에게 끊임없이 자기 할 말을 늘어놓지만, 그 상대들 또한 각자 나름의 계산을 가지고 있는 상태라 사실상 소통은 전혀 이뤄지지 않는다.

그리고 이 장면에서 올트먼은 소리에서도 두 가지 중요한 특징을 보여준다. 우선, 여러 사람의 대사들을 겹쳐서 쓴다. 한 대사와 그다음 대사를 분리하지 않으면서 대화가 이뤄지는 방식은 물론 대화 환경의 사실성과 리듬 또한 확보하기 위한 것인데, 올트먼 이전에는 금기처럼 여겨지던 방식이다. 또 하나는 카메라가 있는 곳과 대사가 들려오는 곳 사이의 거리에 대한 현실적 상상을 허물고 있다는 것이다. 카메라가 마당을 가로지르는 이들을 미디엄 쇼트로 포착할 때 그들의 대화가 들려오는 건 자연스러운 일이다. 카메라와 그들 사이에 장애물이 없기 때문이고, 이는 현실에서 경험하는 것과 일치한다. 그런데 카메라가 바깥에 위치해 있고 인물들은 창문 안쪽 실내에 있을 때에도 올트먼은 그들이 카메라 가까이에 있는 것처럼 대화를 들려준다. 우리가 경험하는 것과 다르다. 더군다나 이 두 종류의 이질적인 대사 포착 방식이 하나의 롱테이크 안에서 앞뒤로 공존하고 있기 때문에 이 이질성에 대해 의문을 품을 수밖에 없다.

이 이질성은 위에 예로 든 문장들을 비롯해 이 작품을 이루는 문장의 대부분에 같은 원칙으로 작동한다. 이게 이 작품의 형식적 특성들 중 하나라면, 서두에서 언급한 '고정된 회오리', '끝마무리가 이뤄지지 않은 나선형 구조'가 또 다른 하나다. "이야기가 급격한 전환점에 도달하고 있음"이라고 말하는 장면을 살펴보자.

"얼마나 기대감을 품어야 하나 모른 채 고양된 기대감, 그때까지만 해도 그런 건 아예 그에게 떠오르지도 않았으니까, 솔직히 시인하지 않을 수 없다, 그는 바텐더에게 고백했다, 지금부터 이야기가 근본적인 급격한 전환점에 도달하고 있음을 그는 조금도, 전혀 느끼지를 못했다, 왜 자신이 이런 처지의 운명에 처했는지 설명이 될지도 모를 전환점, 여기서 그가 무엇을 찾고 있는지 말해줄지도 모를 변곡점, 어느 면에서 재단과 어색한 상황을 타결하는 데 도움을 줄지도 모르는, 그런 충격적이고 엄청난 갈림길, 그는 전혀 아는 바도 없고 미리 내다볼 수도 없는 변환점이었다"

　이 인용구 앞부분의 '급격한 전환점'은 '그'의 운명의 변화를 설명해줄 '전환점', '변곡점', '갈림길', '변환점'으로 계속 변주되는데, 이 내용은 '그'가 호세 미구엘이라는 사냥터 관리인을 만나는 일에 대한 것일 수 있지만, 동시에 서사의 중심이 '그'로부터 바텐더에게로 넘어가는 순간을 말하는 것으로 보이기도 한다.

　우선 호세 미구엘과의 만남에 대해 생각해보자. '그'가 바텐더에게 해주는 이야기, 그러니까 "아무것도 없는 땅"인 낙후된 변방에서 벗어나 근대사회로 진입해가고 있는 엑스트레마두라의 개화기를 경험하고 그에 관한 이야기를 남겨달라는 어느 협회의 초청장에서 촉발되어, 그 지역에 불과 몇 해 전까지 남아 있던 늑대 떼의 최후를 추적하는 것으로 구체화된 '그'의 여행담의 맥락에서는, 목장주들의 집단 사냥 이야기에서 시작해 전문 사냥꾼의 덫과 총을 피해 마지막까지 생존했던 늑대 두 마리의 최후(임신한 암컷 늑대는 1989년에 도로를 횡단하다가 차에 치여 죽었고, 남은 수컷은 1993년에 양치기의 총에 죽었다는)까지 집요하게 탐문해서 알게 해준 사냥터 관리인의 등장이 이 여행담에서 중요한 전환점이 된다고 볼 수 있다. 그러나 이 여행담을 담고 있는 액자로서의 슈파

쉬바인(싸구려 술집) 이야기라는 맥락에서 보자면, 위에 제시한 구절을 기점으로 해서 여태까지 수동적 청자의 위치에만 놓여 있던 바텐더의 생각이 드러나기 시작한다는 점에서 이야기 전체의 전환점이 되기도 한다. 조금 길지만 이 부분의 서술을 살펴보자.

"정오에 가까워 가게에 첫 손님이 새로이 막 들어왔다, 말하자면 이른 새벽 개점 시간에 맞춰 밀려든 손님의 물결들이 사라진 후에 다시 온 손님이었다, 중앙로의 위쪽 이 지역 대중적인 술집들이 다 그렇듯이, 다인종 지역, 아니 오히려 압도적으로 터키인이 많은 곳이긴 하지만 전부가 다 터키인들은 아닌지라, 아침 시간에 술을 제공하는 얼마 안 되는 바들은 이런 동틀녘에 문을 열면 독일인들, 폴란드인들, 러시아인들, 세르비아인들, 루마니아인들, 베트남인들과 아무도 모를 국적의 사람들로 북적였고, 커피 한 잔 혹은 맥주 한 잔을 꿀꺽 마시고는 뿔뿔이 흩어지고 나면, 그래서 술집은 나머지 아침나절에 텅비었고, 이런 점이 이 특정 슈탐가스트(단골손님)의 마음에 들었는지도 모른다, 바텐더는 카운터에 가지런히 정돈된 유리잔에 대고 헝가리어로 낮게 투덜거렸다, 왜냐면 그는 항상 여기 볼일이 있든지 없든지 간에, 죽치고 있으니까, 그, 바텐더는 그가 오는 일에 크게 신경 쓰지 않았다, 저 남자가 하는 일이라곤 하루 종일 둘 혹은 세 병의 맥주를 마시는 일이기도 하지만, 그 말인즉슨 그, 바텐더가 완전히 혼자 있지 않아도 되었다, 빌어먹을, 혼자서 하염없이 기다리는 일보다 더 끔찍한 것도 없다"

그러니까, 액자 속의 이야기가 고조되는 한편으로 액자를 이루는 이야기 또한 바텐더를 화자의 위치로 올려놓으면서 일종의 전환을 이뤄낸다. 액자 속 여행담은 고조되지만, 액자인 슈파쉬바인 이야기에서는 여행담의 화자인 '그'를 끌어내려 엇갈리게 교차시키는 것이다. 이렇게 한 줄기의 용암이 흘러내리면서 굳고, 그 자리 위로 또 다른 줄기의 용암이 흘러내린다. 그리고 이런 겹침과 교차의 원리는 이야기의 큰 단위에서뿐만 아니라, 문장의 진전 과정도 관통한다. 물론 이 작품은 전체가 마침표 없는 하나의 문장으로 이어져 있으니 이 말은 하나의 쉼표에서 다음 쉼표 혹은 다른 문장부호로 이어지는—혹은 단절되는—하나의 문장 단위를 일컫는 것인데, 이런 겹침과 교차는 이야기가 무르익으면서 한 지점으로 수렴되기도 한다.

"왜냐면 늑대들은 아주 자부심 높은 동물이다, 자부심으로 똘똘 뭉친, 그는 단어를 거의 토하듯 내뱉고는 조용히 앞만 바라보며, 한마디도 하지 않은 채, 그래서 아무도 그를 방해하지 않았다, 왜냐면 무언가가—그는 헝가리인 바텐더에게 말했다, 바텐더는 한참 전부터 눈을 감고 갈수록 묵직하게 카운터에 기대고서 텅 빈 술집에 (울리는) 슈탐가스트의 단조로운 목소리를 듣고 있었다—무언가 호세 미구엘에게 일어났다, 통역사도 그가 뱉은 말에 이만저만 동요되는 게 아닌 모양이었다"

사냥터 관리인 호세 미구엘은 마지막 늑대의 행적을 추적하는 과정에서 늑대라는 존재에 대한 깊은 이해에 도달하게 되었고, 호세 미구엘이 이해한 바를 전달해주는 통역사, 그리고 그 말을 전해 들은 '그'도 어떤 동요를 경험하며, 이때의 분위기를 전달받는 바텐더 또한 이 여행담의 흐름에 완전히 동참하는 건 아니지만 그렇다고 거스르는 것도 아닌 상태에 도달해 있다. 이런 수렴의 분위기는 이야기의 말미에 가면 조금 더 유머러스한 방식으로, 좀 더 적극적으로 드러난다.

"(호세 미구엘은) 내게 달리 할 말이 있다며, 나에게 직접, 우리 둘끼리만 할 말이 있다고, 희미하게 웃으며 영어로 말해보겠다고 했다, 그래서 그들은 지프로 옮겨 갔고 거기서 호세 미구엘은 목을 가다듬고, 그의 눈을 똑바로 쳐다보고 그가 고백하고 싶은 뭔가가 있다고 더듬거리는 영어로 그에게 말했다, —하지만 이봐, 일어나, 그는 얼굴을 카운터의 바텐더에게 돌리고 고함쳤다, 바텐더는 화들짝 놀라 머리를 치켜들고, 어리둥절해서 눈을 끔벅였다, 일어나, 일어나요! 관리인이 지프로 돌아가 마지막으로 무슨 말을 하고 싶어 했다, 그 이야기할 참이잖소, 뭔데요 하고 헝가리인 바텐더가 툴툴거리며 눈을 비볐다"

이 대목에서는 화자도 흔들리고(이 대목에서 '그'는 갑자기 '나'로 변한다. 어차피 헝가리어 원본을 참고할 수 없기 때문에 이 글은 우리말 번역본에만 온전히 의지해서 썼지만, 참고 삼아 확인한 영문판 또한 이 부분에서만 "I"로 쓰고 있다), 호세 미구엘의 태도도 흔들리고, 바텐더의 태도도 흔들리는, "미리 내다볼 수 없"었던 따뜻한 변화의 세계로 수렴되고 있는 것이다.

'나'는 사냥터 관리인이 하고 싶어 하는 말을 하지 말라고 요청하고, 두 사람은 포옹을 나눈 뒤 헤어진다. 라슬로가 이 이야기를 이렇게 맺은 이유는 자명하다. 그 뒤에 사냥터 관리인 헤르먼의 이야기를 써야 했기 때문이다.

KRASZNAHORKA

크러스너호르커이 라슬로 읽기

1판 1쇄 찍음 2026년 2월 25일
1판 1쇄 펴냄 2026년 3월 10일

지은이 조원규, 정성일, 장은수, 금정연, 고영범
펴낸이 안지미
펴낸곳 (주)알마
출판등록 2006년 6월 22일 제2013-000266호
주소 04056 서울시 마포구 신촌로4길 5-13, 3층
전화 02.324.3800 판매 02.324.3232 편집
전송 02.324.1144

전자우편 alma@almabook.by-works.com
페이스북 /almabooks
인스타그램 @alma_books

ISBN 979-11-5992-479-8 03800

이 책의 내용을 이용하려면 반드시 저작권자와 알마출판사의 동의를 받아야 합니다.

알마출판사는 다양한 장르간 협업을 통해 실험적이고 아름다운 책을 펴냅니다.
삶과 세계의 통로, 책book으로 구석구석nook을 잇겠습니다.

KRASZNAHORKAI LÁSZLÓ